ジジババ
勇者パーティー
最後の旅
～老いた最強は
色褪せぬまま未来へ
進むようです～
The aging "strongest" will continue to
move into the future without fading away.
福郎　画＝ジョンディー

キザキ
剣聖
エルリカ
聖女
フェアド

マックス
龍騎士
シュタイン
モンク
ララ
魔女

フェアドが光輝く。
かつて闇を消し飛ばしてしまった
極致でないにも関わらず、
未だ比肩する者がいない到達者が
極限まで力を圧縮した輝く剣を
ただ単に振り下ろした。
「光よ！」

CONTNENTS

じじばばゆうしゃぱーてぃーさいごのたび

プロローグ――003
第一章　新たな旅立ち――010
第二章　神速の剣聖――028
第三章　消却の魔女――074
第四章　道なき道の拳――118
間　章　迷宮都市での新たな伝説――160
第五章　迷宮都市のホラ吹き――186
第六章　勇者パーティー――242
エピローグ――300

THE LAST JOURNEY OF OLD HERO PARTY

ジジババ勇者パーティー最後の旅

～老いた最強は色褪せぬまま未来へ進むようです～

プロローグ

PROLOGUE

THE LAST JOURNEY OF OLD HERO PARTY

真っ赤な時代。大地も空も血に濡《ぬ》れていた。

大いなる魔にして暗黒は、途轍《とてつ》もなく、本当に途轍もなく単純に考えた。

デカいのは強い。それが真理だと。しかし、幾らこの世の真理に気が付こうと、こんなモノを生み出したなら愚か者としか表現しようがない。

「馬鹿だとは思ってたけど、ここまでくると笑えてくるね」

顔を顰《しか》めに顰めた妖艶な魔女が、心底嫌そうに吐き捨てる。

「腹が痛くなってきた……」

騎士が鎧《よろい》の上から腹を押さえるような仕草をする。

「だっはっはっ！　すげえ音だなおい！　こりゃ酔っぱらいながら考えたな！」

剣士が腹を抱えそうなほど大笑いして酒瓶に口をつける。

「発想は正しいと認めざるを得ない」

腕を組んだ半裸のモンクが、遠くからやってくる存在を見上げる。

ドズンと音が鳴り響く。

「敵への推測が終わりました。山に足を付け加えて、後方の軍と街を圧《お》し潰すつもりです」

無垢《むく》な表情で敵を観察していた女司祭が、分かり切ったことを大真面目に告げた。

そう、山。ドズンと響く音の原因は、一つの大きな山に虫のような足を四つ付け加えた、悪夢のような存在だったのだ。

比喩ではない。本当に山を改造して、一つの移動要塞に仕立て上げた存在がいるのだ。

恐らく敵の軍も街も拠点も、それら全てを排除する方法として、山で圧し潰すことであると結論がでたのだろう。あまりにも馬鹿馬鹿しい作戦だ。

だが実行してしまえば単純で巨大な暴力。いったい誰が動いている山に立ち向かえるというのか。

「攻略法は？」

「乗り込んで動力になっている魔力炉を破壊するしかないね。私対策か知らないけど、表面は偏執的なくらい魔法攻撃への対策をしている。外部からの攻撃は無理だ」

モンクに問われた魔女の返事は答えになっていない。地響きを発しながら動く山に乗り込み、そこで待ち構えているであろう者を打ち倒すことなど、通常の人間にできることではなかった。

「よし、ならそれで行こう！」

自殺行為の提案なのに、悪ガキがそのまま成長したかのような青年は受け入れた。

「突撃だ！」

「捻《ひね》りのねえいつもの作戦だな」

「物事は単純明快な方が強力な場合が多い。相手もしかり。我々もしかりだ」

剣を掲げた青年が走り出し、頬を皮肉気に歪《ゆが》めた剣士と我が意を得たりと頷《うなず》くモンクが続く。

「もう少し楽ができないものかね」

「最も効率的。つまり楽な提案だったと思いますが？」

「いやぁ、どう考えてもあの馬鹿デカい足を上るのは楽じゃないだろ」

そして魔女は力技しか提案させてくれない敵にうんざり気味で、首を傾げる女司祭に騎士が突っ込みをいれながら走る。

彼ら全員が目を疑うような速度だが、単なる人間の集団が動く山に走り寄ってなんになるというのか。それは蟻《あり》以下であり、意味のない行いのはずである。

ドズンと大きな音がまたしても発生するが山の足音ではない。

「げえ⁉ そんなのありかよ⁉」

騎士が叫んだのは、山から数えきれない岩石が空へと発射され、自分達が避けきれないほどの範囲攻撃を仕掛けられたからだ。

おかしな話である。

普通に考えるなら山は態々《わざわざ》そんなことをしなくても、踏み潰せば全て解決する。それなのに明確な攻撃を行う必要はあるのだろうか。

「防御は上等なのに攻撃は単なる岩とは。そっちまでは手が回らなかったみたいだね」

世界に破壊が顕現した。

赤、青、黄色。様々な色が混じった極光が魔女から発射されると、単なる質量攻撃である岩はその破壊の魔法に飲み込まれ消失してしまった。

「このまま一気に駆け上がるぞ！」

とは言え山から降り続ける岩は無尽蔵であり、先頭を走る青年も埒《らち》が明かないことが分かっていたのでそのまま走り続ける。

（近くで見ると余計にデカいなおい！）

青年は近づけば近づくほど、見上げるどころでは済まない山の大きさに顔を顰める。

山は一歩進むごとに途轍もない振動と土煙を巻き上げ、彼らを巻き込んでしまう。常人ならその土煙の中で飛び散る、岩の破片が当たっただけでも死んでしまうだろう。

だが土煙から全員が飛び出し、なんと山の脚部を全身でよじ登るどころか、僅かな足場を起点に脚力だけで飛び上がるではないか。

「なんかよく分かんねえのがぶら下がってるからな！」

「樹上で生活している猿型モンスターの強化種のようだ。これは抱き着いて下に落ちるつもりだな」

「はいよ」

青年の警告にモンクが補足を入れると、剣士が気楽に応えた。

山の足には腕の長い猿を歪《いびつ》に捻《ね》じり、真っ黒に染色したかのようなモンスター達が赤い瞳をぎらつかせて一行を待ち受けていた。

しかもその猿達は長い腕を広げて飛び降り、青年達に抱き着いて無理矢理地面に叩《たた》き落とすつもりのようだ。

それは腕が、なにより頭があれば成立する話であったが。

キンと音が鳴り響くと、五十はいた猿の首が斬り落とされる。しかし猿達はそれを認識することができなかったようで、歪んだ顔の表情を変えることなく地面に落ちていく。

「空から来てる右のは私がやるから、左のは任せたよ」

「分かった！」

魔女が視線を空に向けて騎士と役割分担をする。

空から襲い掛かってくる、鳥とトンボを無理矢理掛け合わせたような巨大モンスターは魔女が魔法攻撃で対処する。

「ああくそ！　魔法と物理攻撃への完全耐性がころころ変わるだあ⁉」

騎士が足場を強く蹴って天へと飛び上がり、悪態を吐《つ》きながら家を四軒は連ねたような翼の生えた蛇の背を取った。もし彼の悪態が真実なら、敵のモンスターは恐るべき能力を所持していることになる。

「よっしゃあ行くぜ！」

一方、青年の方はあっという間に山の動く足を踏破し、山肌で待ち受けていたモンスターの大軍に突っ込んだ。

ただ愚直に前へ、前へ、前へと走る青年を、山肌を埋め尽くさんばかりのモンスターは止めることができない。

「面倒なのは任せろ」

強力なモンスターの一部はなんとか青年に立ち塞がったが、それをモンクが両腕で殴る。足で蹴る。

剣を通さない甲殻が砕ける。触腕がねじ切られる。巨大な角がへし折られる。

肉体そのものが凶器のモンクは全てを粉砕する。全てをねじ伏せる。全てを破壊する。

「多分あいつが率いてる将だ！」

直進を続ける青年は、奥にいる千を超える鎧を繋《つな》ぎ合わせて体を作り、数えきれない小手と足の具足を蠢《うごめ》かせている異形の怪物に狙いを定めた。

『おのれ化け物共がああああああああああああ！』

鎧の集合体の怪物の叫びに、お前が言うなと口にする者はいないし事実その通りである。

「光よ！」

「光よ」

青年と女司祭の体から光が溢《あふ》れた。

死と破壊、嘆きと悲しみが満ち、血のように赤い空で覆われていた世界に大いなる命の光が。

だがそれも全て過去であり、この戦いも終わった話だ。

そして青年も、女司祭も、剣士も、魔女も、モンクも、騎士も。

彼らは——老いた。

ジジババ勇者パーティー最後の旅

〜老いた最強は色褪せぬまま未来へ進むようです〜

福郎

画＝ジョンディー

第一章

新たな旅立ち

THE LAST JOURNEY OF OLD HERO PARTY

（昔の夢か……あれから何年経った？　今年で幾つになった？　九十だったか？　歳を取ったのう。

昔と今では肌が大違いじゃ）

小柄な老人がベッドで目覚めると、皺《しわ》だらけになった手の甲を見つめて朗らかに微笑《ほほえ》む。

よくぞ生きたものだ。暗黒の時代を潜《くぐ》り抜ける最中《さなか》、死の淵《ふち》に立ったのは一度や二度ではない。

それが短い髪はすっかり白くなり、背も縮み、皮膚は皺だらけになるまで生きてこられたのだから万々歳だろう。

（もう十年は残っていまい）

それ故に残った命の年数もそれほど多くはないが、元々自分の命など無いも同然と思って生きてきた老人にすれば今更で、微笑む顔は崩れない。

「おはようございますフェアド」

「おはようエルリカ」

小柄な老人フェアドが、隣で寝ていた老婆にして生涯の伴侶エルリカに笑顔を向ける。

エルリカもまた九十歳ほどで、背は縮んで長い髪はすっかり白くなり、世界一の無垢《むく》な美貌と謳《うた》われた顔は皺だらけになっている。

八十年近く連れ添った仲なのだから、お互い気が付けば年老いていた。

「先に畑を見てくる」

「はい。朝食の方はやっておきます」

「お願いするの」

ゆっくりベッドを降りたフェアドは朝食をエルリカに頼み、ぐっと背を伸ばしてから着替えて畑に向かう。

「今日もいい天気だのう」

小柄なフェアドが鍬《くわ》を持ったまま青い空を見上げて呟《つぶや》く。毎日毎日、晴れの日も雨の日も変わらず、そこには万感の思いがある。

八十年前の空は赤かった。比喩ではなく真っ赤な空に茶色に濁った雲が漂い、世界は暗黒に覆われていた。

闇から生まれ落ち、自らを大魔神王と名乗った存在により変えられた世の理《ことわり》。生み出された魔の眷属《けんぞく》達が跋扈《ばっこ》し、残ったものは死と絶望、嘆きだけだった。

だが善なる全てが立ち上がった。

人もエルフもドワーフも小人も妖精も人魚も獣人も、その他様々な善なる者達が大魔神王に立ち向かい、そして勝利した。

青空が戻った。平穏が戻った。

「……ふむ」

人生の〝ほぼ〟全てを大地と畑に捧《ささ》げたフェアドが、先日収穫を終え寂しくなった畑を見て鍬を置く。

（実家のあった村はどうなっているか。廃村のままか？　それともまた拓《ひら》かれたか？）

寝起きに残りの寿命を考えたフェアドは、ふと遠い故郷の村を思い出す。

寒村の三男坊に生まれた彼の待遇は良くなかった。長男の予備の予備である以上は冷や飯食いであり、余裕もなかったため自分の持ち物など無きに等しかった。

だがそれでもよかった。フェアドがまだ少年だった頃、村が闇の軍勢に飲み込まれ、家族や周りの人間が全員死に絶えたことに比べるとずっとマシのはずだ。

（息子は……まあ元気だろう）

次にフェアドが思ったのは、彼とエルリカとの間に生まれた息子のことだ。面白いことを探しに行くと言ってこの大陸を旅立った彼の息子は隣の大陸で元気でやっているらしく、偶《たま》に送られてくる手紙でも変わったことはない。

（孫も変わりはないようだが……ひ孫の顔は見ておらん）

フェアドの心残りはひ孫の顔を知らないことだ。まだ彼のひ孫は幼く大陸間の船旅には耐えられないし、彼は彼でそう軽々しく動ける立場でもないため、このままいけばフェアドはひ孫の顔を知らないまま寿命を迎えかねない。

（ひ孫へ勝手に小遣いとお菓子をあげて怒られるのがひい爺《じい》の宿命というのに、それをしていないのはいかんじゃろう）

ついでに妙な爺《じじい》理論を持ち出して息子、孫、ひ孫達を想う。

「ふう……」

フェアドは意図せぬため息を漏らしながらさくりと鍬を地面に突き刺すが、そこには気持ちも力も籠っておらず、ただ振り下ろしただけだ。

（皆の顔も見ておきたいのう）

最後にフェアドの脳裏に浮かんだのは苦楽を共にした仲間の顔だ。青春は混沌《こんとん》とした時代で潰《つい》えた彼にとって、唯一輝かしい若き日の思い出は、エルリカを含めた仲間と共にした日々だけだ。

「ふむ」

再び振り下ろした鍬には確かに力が籠っていたが、意識は変わらず畑には向いていなかった。

「朝食ができましたよ」

「おお、今戻る……のう婆さんや」

「なんですかお爺《じい》さん」

朝食に呼ばれたフェアドが家に戻ると、エルリカの目を真っすぐ見て口を開いた。

「ここを出てもそうそう問題にはならんかのう」

「もう七十年を過ぎていますし、長命種族以外の当事者は殆《ほとん》ど亡くなってるでしょう」

「ふむ」

エルリカは長い付き合いの経験からフェアドがなにをしようとしているか察していたが、答えを急かすようなことはせず、ただ単に事実を述べただけだ。

「なら……皆の顔を見に行かんか？」

「ええ。ええ。そうですね」

唐突なフェアドの言葉にエルリカは微笑む。あるいは彼女もそれを望んでいたのかもしれない。

「よし。それなら付き合いのある者達に手紙を送っておかんとな。折角来てもらったのに留守では申し訳ない」

「久しぶりに使い魔を出しましょうか」

「そうだの」

話が纏《まと》まったことでフェアドは、極僅かな知人に旅へ出かけることを知らせるため、鳥型の使い魔に手紙を持たせて送ることにする。

それを知らせる必要のある近隣の住民は存在しない。フェアドとエルリカの住まいは秘境と言ってもいいような山の中であり、二人はひっそりと生活をしていた。

「昔の装備も引っ張り出さんとなあ」

「懐かしいですね」

皺だらけの手がせわしなく動き夜も更け、忙しい日が続くことになる。

「思えばこの家とも長い付き合いだのう」

「途中で手は加えましたが、それでも七十年近くですからねえ」

それから数週間後。準備を終えたフェアドとエルリカが、外から長年住み続けた小さな家を懐かしむ。豪華とは口が裂けても言えないが、代わりに思い出が詰まった家で愛着もある。

「しかしその姿、懐かしいの」

「フェアドこそ」

「ほっほっほっ」

「ふふふふ」

飾り気の全くない鞘《さや》に納まった剣と盾を提げたフェアドと、真っ白なローブを纏い白い木の杖《つえ》を持ったエルリカがお互いの姿に微笑み合う。

特に年老いて小柄になっているフェアドが剣と盾を提げている様子は、子供が背伸びして武装しているようなちぐはぐな姿になっている。

「それじゃあ行こうかの」

「足元に気を付けてくださいね」

「儂《わし》、そんなに衰えておらんから。そっちこそ気を付けておくれよ」

「私も衰えてるつもりはありませんので」

にこやかに夫婦の軽口を言いながら老いた二人が山を下りる。

最後の旅に向かうため。

だが、衰えていないと自己申告しても外見上は誰がどう見ても大丈夫とは思わない。

「なんだ……？　まさか子供？」

それは乗客を馬車に乗せて次の街へ向かっている、魔道ゴーレム馬車の御者であるハーマンも同じだ。彼の視点から見れば二人の小柄な人間の背が見えた。

一見するとそれは子供のようでもあり、ハーマンは慌ててゴーレム馬車の速度を少し上げて二人に追いつこうとした。

「うん？　年寄り？」

だが振り返った二人の顔が見える距離になって、ハーマンは相手が子供ではなく小柄な翁《おきな》であるフェアドと老婆のエルリカであると気が付く。

「爺さん、婆さん。なにかあったか？」

（最近は不作なんて聞かねえ。まさか口減らしじゃない筈《はず》だが……）

フェアドとエルリカに追いついたハーマンはそう声をかけたが、内心では疑問が溢《あふ》れていた。

ここは大国であるリン王国の一部であり、野盗やモンスターの類がほぼ出ないほどに街道はきっちりと整備されている。だがそれにしたって老人二人がちょこちょこと歩いているのは異常なことであり、口減らしに村から追い出されたのかと一瞬疑った。

「どうもこんにちは。知人や友人達に最後の挨拶をと思いましてな。婆さんと二人で旅をし始めたばかりなのですよ」

「なるほどなあ……」

どう見ても老い先短いフェアドの説明に納得したハーマンだが、ここではいそうですかと置いていくのは少々寝覚めが悪くなる。

「雨降ったら死んじまうぞ。金は持ってるか？　無いならその剣か……婆さんの杖は……魔法の杖とかじゃなくて単なる杖っぽいな。ならやっぱり剣の方を代金替わりでいいから乗せてやるよ」

ハーマンは幌《ほろ》付き馬車に乗っている者達は正規の値段を支払っているため、ここで年寄り二人をタダで乗せたら不満が出るだろうと思った。そこで金がなければ、どう見てもみすぼらしい鞘に入っている安物の剣でもいいので代金にしようと考えた。

そしてエルリカの杖は、真っ白でどこか上品なものだが御者には単なる杖に見えて、そう大した価値がないように映った。

「剣は思い出の品でしてなあ。それにお金はちゃんとありますぞ。ほれこの通り」

「なんだ、それなら二人分足りるよ。乗ってけ」

「どうしようかのう婆さん？」

「折角ですから乗せて行ってもらいましょう」

「そうだの。そうさせてもらおうか。ではご厄介になりますぞ」

ちらりと鞘を見たフェアドが懐の巾着から銀貨や銅貨を数枚取り出すと、それが十分な運賃になると確認したハーマンは馬車を親指で指差す。

そしてハーマンはフェアドとエルリカを客としたのだが……。

「婆さんや、これがきっと最先端魔法技術というやつじゃ！」

「そうですねお爺さん」

一見すると金属で作られた馬を見て興奮しているフェアドとエルリカは、それだけで田舎者だと断言できる。

「えー？　爺ちゃんも婆ちゃんもゴーレム馬車知らないの？」

「いやいやお気になさらず。爺ちゃんも婆ちゃんも凄い田舎から出てきてなあ。初めて見るんじゃよ」

「こらアディ！」

子供に首を傾げられているフェアドは、窘《たしな》めている母親に手を振りながら正直なところを話す。

およそ四十年前から運用されている、銅と魔法によって馬に形作られているゴーレム馬に知能らしい知能はなく、走ることもできない。しかし、機動力が必要な戦場真っただ中ならともかく、人や物を積んで街道を行き来するのなら、疲れ知らずなゴーレム馬は素晴らしいものであり、今や街道を行き来する者達の必需品となっている。

それを知らないということは、余程も余程の辺鄙《へんぴ》な場所からひょっこり出てきたとしか言いようがない。

事実フェアドとエルリカは世間の流れから完全に取り残されており、ある意味異邦人と言ってもいい状態だった。

（街道に旅人用の馬車か。いい時代になったのう）

フェアドは混沌とした時代と今の平和を比べて微笑む。

世界を巻き込んだ魔の大戦中、旅人を乗せた馬車が街道を移動しているなどと聞けば、絶対にモンスターに襲われることを承知の上で、決死の逃避行をしているのだと思うような時世だった。

それを想えばゴーレム馬という見慣れない物はあるが、大きな馬車の中は実に平和で、客の顔も恐怖に引き攣《つ》っていない。

尤《もっと》もこれはリン王国が大国で街道の整備に気を遣っているからであり、辺境の馬車はもっと重武装で緊張する必要がある。

「それにしてもサザキはいますかね？」

「まあいるだろう。あそこから離れるときはよっぽどの時じゃ」

フェアドと同じように時代に想いを馳《は》せていたエルリカは、行き先に目当ての人物がいるかどうかと首を傾げたが、その人物と親友であるフェアドには確信があった。

場所の名はリアナルド。

酒の産地でありながら様々な酒が集う場所として知られている。

そしてフェアドとエルリカの目的はそこにいるであろう人物に会いに行くこと。

名をサザキ。

水か酒か、一生どちらかしか飲めない選択肢を突き付けられると、即座に酒を選んでしまうであろうどうしようもない男であった。

余談であるが知らないこととはいえハーマンはとんでもない物に目を付けていた。

数多《あまた》の化け物を。

古《いにしえ》の龍《りゅう》を。

真なる巨人を。

深淵《しんえん》に潜みしものを。

機械仕掛けの神を。

そしてついには暗黒そのものを討ち果たした剣とそれを手助けした杖。

値段なんか付けられるはずもなく、もし売りに出されたとしたら世界中の強国と大神殿が、戦争も辞さない覚悟で求めるほどだ。

敢えて名を付けるのであれば。

勇者フェアドの剣と聖女エルリカの杖だ。

そんなハーマンの親切で馬車に乗り、リアナルドの街の外まで到着したフェアドとエルリカだが、街を囲む壁の門に並ぶ人々の手続きが中々処理されないようで、人だかりができていた。

「ちょっと門で時間が掛かっておるみたいだの」

「そのうち順番がくるでしょう」

「うむ」

行列からひょっこりと頭を出して前を確認したフェアドは、エルリカの言う通りだと頷《うなず》く。

しかし御年九十ほどの老夫婦が今更その程度で苛《いら》つくはずもなく、石や木のように佇《たたず》んでいる。

もし立っていなかったら死んでると思われただろう。

「次、うん？　爺さん婆さん、連れはどこで何人だ？」

「儂と婆さんだけですじゃ」

それから暫く。フェアドとエルリカの番となったものの、年老いた二人だけが一歩だけ前に進んだことを疑問に思った門番は、連れがいないかと尋ねた。

「お迎え前に知人の顔を見ようと思いましてな。馬車に乗って来ました」

「なるほどな」

フェアドによるまさに魔法の言葉。お迎えが近いから知人に会いに来たと伝えれば、大勢の人間が納得してくれる。

「通っていいぞ」

「ありがとうございます」

門番からしてもフェアドとエルリカはどう見てもヨボヨボの夫婦だったため、特に問題ないだろうとほぼ素通りさせた。

「これはまた変わりましたねえお爺さん。いえ、元に戻ったんでしょう……」

「そうだのう婆さんや……」

酒の街リアナルドに足を踏み入れたエルリカとフェアドは街中で呆然《ぼうぜん》とする。

かつての大戦前から酒で有名だったこの街だが、戦時中は薬品や錬金術の品々が作り出される軍の一大生産拠点と化し、怪しげな服装をした者や職人が切羽詰まった表情で忙《せわ》しなく動き回っていた。

「月無し酒が入荷したのは本当か？」

「樽《たる》ごとくれ！」

「早く酒を運び出せー！」

それが、いまや大戦前と同じ光景。酒に関わる商人や職人達があちこちで声を上げ、商売繁盛という言葉通りの賑《にぎ》やかさである。

フェアドとエルリカが知っているのは、戦時中の殺伐さと終戦後すぐに再び酒の街として活動しかけていたリアナルドの街だ。それ故に今と昔がかけ離れているため呆然としていたのだ。

だがその様子は誰がどう見ても、子供を頼って田舎からでてきた老夫婦に他ならず、完全なお上りさんであった。

(まあこれはこれでいいのだろう。酒の良さはさっぱり分からんが、寿命をごっそり削って一時の力を得るような薬が作られるよりはよっぽど)

フェアドはかつてリアナルドで作られていた劇薬の類を思い出し、よちよち歩きをしながら街を見渡す。

一進一退だったかつての大戦中、魔の軍勢に家族が殺された者が求めたのは、手っ取り早く自分を強化して、家族の敵《かたき》を討つための手段だった。その需要に応えるため、変わり者が多い錬金術師達が生み出した強化薬が一時期生産されたものの、副作用も強力過ぎてその変わり者達が自ら封印した曰《いわ》く付きである。

だがそれもかつての話だ。

今現在のリアナルドは単なる酒の街であり、怨念と執念が形作られるような場所ではない。

「さてどこにおるかのう」

「まあ任せてください。もし、そこの方。酒瓶片手に寝っ転がってる年寄りを見かけませんでしたか?」

目的の人物がどこにいるのかと顎を擦《さす》っていたフェアドは、通りすがりの男へ声をかけたエルリカのとんでも発言に、思わず顎から口に手をやった。

それは妻の説明があんまりだと思ったからか。

「ああ、あの酔っ払い爺さんの知り合いか？　向こうの路地裏で倒れてるぞ」

はたまた通じてしまったことに吹き出しそうになったからか。

「やーっぱり飲んだくれとるわい」

「相変わらずというかなんというか」

路地裏で想像通りと言わんばかりのフェアドとエルリカの視線は随分下、人への目線ではなく地面である。

「ひっく。幻聴が聞こえるくらい飲んじまったかあ。フェアドのアホとエルリカの声が聞こえちまった」

両手に酒瓶を握りしめ、路地裏で大の字となり酔っぱらっている、フェアドやエルリカと同年代の老人。長く白い髪を結び、擦り切れた粗末な服からだけではなく、肌からも酒の臭いをプンつかせている様はホームレス同然である。

しかし、腰に差している得物が奇妙だ。東方諸国から流れ着いた刀と呼ばれる特殊な武器は、ホームレスが持つには相応しくない。

「儂がアホならお前は酒馬鹿じゃい！」

フェアドは自身と比べてそれほど背は縮んでいないホームレスの耳元に顔を寄せ、アホ呼ばわりしてくれた酒馬鹿に怒鳴った。

「ぐえ⁉　フェアドぉ⁉」

「私もいますよ」

「エルリカもだぁ⁉」

水をぶっかけられたわけでもないのに、フェアドの大声に驚いたホームレスが地面から飛び起きる。

「山から下りてきたのか！」

「本当に変わらんのう……」

ジジババ夫婦と同じしわくちゃな顔で笑みを浮かべるホームレスに、フェアドは呆《あき》れたような懐かしむような奇妙な表情となる。

「まあいいか。久しぶりだのうサザキ」

フェアドが眼差しを向けるホームレスこそ目的の人物。サザキという名の老人であった。

冠する二つ名は……。

ジジババ勇者パーティー最後の旅

THE LAST JOURNEY
OF
OLD HERO PARTY

～老いた最強は
色褪せぬまま未来へ
進むようです～

第二章

神速の剣聖

THE LAST JOURNEY OF OLD HERO PARTY

武の達人に分類される者達はそこそこいる。

かつての大戦を経験した命ある者達は、もし万が一同じ戦いが起こっても生き残れるようにと、改めて己の武を磨き上げた。

しかし、やはり当然ながら達人も極める過程で、大雑把に人を守る活人《かつじん》と慈悲のない殺人のどちらかに振り切れることが多い。

それ故、対照的な二人であると言ってよかった。生き方も、目指した剣の先も、師も。

表面だけ見れば。

「見つけたぞミヒャエル！」

フェアド達が旅に出る少し前、彼らが住居を構えていたリン王国の隣の国家で騒ぎが起こっていた。

森で十人を超える騎士が、四十代の痩身男性を見つけるや否や、その名を叫びながら剣を抜き鬼気迫る表情で駆け出した。

「ちっ」

対する四十歳ほどの痩身の男、ミヒャエルは面倒がやってきたと舌打ちしながら剣を抜く。

剣を抜き放ったのだから、誰がどう見ても殺し合いが始まると分かるが、決着も一対十数人で一目瞭然の結果になる筈《はず》……だった。

「死ねい！」

騎士達の瞳には殺意が溢《あふ》れている。複数の殺人の現行犯であるだけではなく、騎士達の同僚すら手に掛けているミヒャエルは、問答無用の死罪が確定しており騎士達に捕縛という選択肢はない。

だが、ミヒャエルの持つ魔剣を分析できていなかったのは致命的だった。

「雑魚が」

漆黒の剣が姿を現すと、騎士達は羽虫が発するような耳障りな音を聞いた。

「ごぼっ⁉」

すると騎士達は、あろうことか戦いの場なのに口から胃液を吐き出してしまい、想像を絶する体調の不良を覚えてしまう。

「死ね」

ミヒャエルが振り下ろした、妖気のような黒い靄《もや》を漂わせた黒い剣を防ぐため、騎士はなんとか盾を構えた。

「ぎっ⁉」

だが騎士は信じられないものを見ながら瞳から光が消えていく。

確かに盾を構えるのは間に合ったが、ミヒャエルの黒き剣は盾どころか騎士の鎧《よろい》すら紙のように切り裂き、騎士の命すら断ってしまった。

「ぐうう！」

「おおおおお！」

他の騎士達もなんとか状況を打破しようとしたが無駄だった。

凄まじい倦怠感《けんたいかん》、嘔吐《おうと》、体の震えなど、まるで重度の病気の如き症状に襲われている騎士達は、本来の力を発揮できないまま、次々とミヒャエルの剣で命を奪われていく。

「ふん」

あっという間に騎士達を皆殺しにしたミヒャエルが鼻を鳴らす。

確かにミヒャエルは強者だが、この惨劇を招いたのは銘すらない魔剣の力でもある。

殺意や殺気は生物のストレスになるが、この魔剣は敵の殺意に反応して切れ味を増すのに加え、それを増幅して発した相手に叩《たた》き返す能力を秘めていた。

増幅された殺意のエネルギーは、生物にとって明確に害となるほどであり騎士達はほぼ自滅に等しい。と言えれば単純なのだが、殺害対象に殺意を向けないなどありえないため、彼らは初見殺しに引っかかったのだ。

「よくやった」

木に隠れて惨劇を見ていた男がミヒャエルを労《ねぎら》う。

四十代のミヒャエルよりも遥《はる》かに若い、二十歳ほどの若い男が艶のある金の髪を揺らしている。

「恐れ入ります」

そんな青年にミヒャエルは深々と頭を下げた。

「お互い少々騒ぎすぎたな。追手が向けられるほど騒ぐつもりはなかったが……まあ仕方ないことだ」

「そうですな……」

青年の呟《つぶや》きにミヒャエルはなんとも言えない表情になる。

会話のやりとりに明白な力の差がある。

それもその筈で、青年に見える男は魂食《たましいぐ》らいの禁術を使用して若返っているが実年齢は八十歳を超えており、ミヒャエルの師匠なのだ。つまり実力もまた……。

「こっちだ！　いたぞ！」

「次から次へと……」

異変に気が付いた騎士がもう十人ほどやってくるが、青年にとってなんの脅威でもない。

「さあ、死に魅入られるがいい」

青年が鞘《さや》から、ミヒャエルのものより更にどす黒い剣を引き抜いて掲げる。それだけで決着した。

騎士達は殺意を己に向けてしまい、剣で自らの喉を突き刺してしまったのだ。

魔剣と闇の魔力を極めた青年だからこそできる技であり、ほぼ無敵の能力だと言っていいだろう。

「さて、ではリン王国に行くとするか」

「はい」

闇の力を行使する二人が歩を進める。

実にくだらない幼稚な目的でありながら、彼らにとっての至上命題を達成するために。

その正反対と思える者がいる国へ。

一方、フェアド達がいるリン王国。その王都。

リン王国は大国であるもののかつての大戦で滅びかけた。それ故に武も文も尊び、身分や出自に関わらず能力を重視して様々な人材を重用し、奇跡的な復興を遂げていた。

だからこそ、騎士達もまた祖国のために日夜腕を磨いていたが、特に王都の騎士ともなれば剣、弓、槍《やり》、馬術、格闘術は当然として、魔法や薬学にも精通している最精鋭である。

「……」

そんな騎士が大上段に木剣を構え同僚達が見守っている。かつての魔の大戦から、人間を超えた戦闘力を持つ魔物、もしくはモンスターと呼称される存在が騎士達の仮想敵筆頭であり続けている。そのため一撃の威力を重視して剣を大上段で構える者は多い。

騎士と相対するは六十歳ほどの老人。髪は白髪が目立ち顔にも皺《しわ》があるものの筋骨隆々で、いかにも古強者《ふるつわもの》といった様子だ。

名をクローヴィス。クローヴィス流派の開祖として世界的にも著名な武人で、大国であるリン王国が武術指南役として招くに相応しい存在である。

(隙がない……!)

騎士がたらりと額から汗を流す。

クローヴィスはだらりと木剣の切っ先を下に向けているだけで戦う構えには見えないが、見る者が見れば踏み込むだけで絶対に死ぬ間合いが形成されていることに気が付くだろう。

(なんだっ⁉)

(これはどうなっている⁉)

(圧がなくなった⁉)

そんな絶対死の間合いどころか、クローヴィス本人の圧もまた突然消えてしまい、騎士達は困惑してしまう。

(脅威を全く感じない⁉　なぜこんなことを⁉　これほどの強者が⁉　どんな策だ⁉)

特に相対している騎士は混乱して思考が乱された。

「っ!」

今度は爆発的なまでの気がクローヴィスから発せられて騎士は反射的に身構えてしまう。だが脅威を感じての反射であり、肉体と意識の齟齬《そご》を一瞬だけ生み出してしまった。

その一瞬があればクローヴィスには十分すぎた。

烈火の如き気とは正反対にゆらりと動くクローヴィスは、またしても騎士の動揺を誘いながら、その意識の隙間に入り込むように近づく。

「おおっ!」

迎え撃ち木剣を振り下ろす騎士の声には力が籠っているが、心技体全てが揃《そろ》ってこその剣なのだ。ふやけた力に意味はなく、木剣は空しく宙を切り裂いただけ。

代わりに騎士の首筋にはクローヴィスの木剣が添えられている。

「ま、参りました……」

これが実際の剣なら頸動脈《けいどうみゃく》を断ち切られていた騎士は、全身の毛穴からブワリと汗を流した。

「実演を終える。このように発する気一つでも立派な武器になる。当たり前の話だが強者なら強者らしい、弱者なら弱者らしい気を放っていると思い込むのは危険だ。そう思い込むと利用されてしまう。そして対人のみならず自然界も擬態、欺瞞《ぎまん》、偽装は当たり前なのだから見た目と威圧の強弱には騙《だま》されるな」

騎士を威圧の強弱だけで翻弄したクローヴィスは騎士達に、武人として単純な教えを説く。

だが単純であろうと精鋭の騎士でも身が竦《すく》んでしまうような気を放ち、しかもそれを完全に遮断し切れる者はそうおらず、実体験することは難しい。

そして騎士達は精鋭だからこそ、必要とあれば細かな技を使ってくる達人にも対処しなければならず、クローヴィスが実演してくれるのは非常に意義があった。

「それでは今日の実演を終える。私はリアナルドの街に戻るが、鍛錬を欠かさないように」

「あ、ありがとうございました……！」

それから暫し。騎士達を転がし続けたクローヴィスが勤めを終えて、息も絶え絶えな彼らに見送られた後に、騎士達の隊長が近づいてくる。

「お見事ですクローヴィス殿」

「いや、兄弟子や師匠に比べたら私などまだまだ」

（また謙遜を……）

騎士達はクローヴィスを武人としてこれ以上なく尊敬しているが、強い謙遜の癖があることだけはどうかと思っている。

リン王国の王城で勤めている騎士は、他国の騎士五人が相手でも全く問題ない精鋭である。そんな彼らを歯牙にもかけないクローヴィスが、兄弟子や老いているであろう師よりも劣っていると謙遜すれば、騎士達の立つ瀬がないではないか。

「指南役殿、少々よろしいですかな？」

「どうされました？」

隊長に割り込む形で、眼鏡を光らせている初老の男性に声をかけられたクローヴィスは心の中で顔を顰《しか》めた。

クローヴィスにとって面識のある人物だが、今日会う予定はなかった。そして王都で予定のない面会があった時は厄介ごとと決まっていた。


ところ変わってフェアドとエルリカが訪れる前のリアナルドの街で、ある意味名物爺《じじい》が酔っていた。

「うーいぃ……」

「あの爺さんまた酔っぱらってるよ」

「ああ。俺の親父が生まれる前からアレらしい」

路地裏でワインの空瓶を片手に寝っ転がる老人、サザキを一瞥《いちべつ》した男達がひそひそと話している。

実はこの老人、街にいる多くの者達が生まれる前から、酒瓶を片手に寝っ転がっているホームレスなのだ。

酒との付き合いが上手いリアナルドの住人は身を持ち崩すことはそうないので、ここまで酒にだらしなく家すらない生活をしている者はかなり珍しい。

「いったいどこから酒代が出てるんだ？」

「本当だよな」

ただ一点、ホームレスサザキがどうやって酒代を捻出しているかは長年の謎で、住民は不思議がっていた。

「まあいい。行こう」

「そうだな」

サザキをちらりと見た男達がその場を去る。

酒にだらしのないホームレスなんて、場所によっては悪漢などに殺される可能性もある。だが幸いなことにサザキが酒瓶片手に寝転がっているのは、街の者達にとって日常の風景の一つであり殆《ほとん》ど気にも留められていなかった。

とはいえ例外もある。

「うわ酒くせ⁉」

腰に木剣を差した赤毛が目立つ、いかにもやんちゃ坊主といった十二歳ほどの少年が、はっきりと顔を顰めてサザキを睨《にら》む。

「ひぃっく。この声、カールの坊主かあ？」

眠たげなサザキが少年カールの声に反応して瞼《まぶた》を面倒くさそうに持ち上げると、黒い瞳が光を反射した。

「前から思ってたんだけど剣と酒どっちが大事なんだ？」

「ひっく。そりゃ当然酒だ」

「爺さん腰に剣を差してんなら剣士だろ⁉」

「俺くらいになったら枝でもいいんだよ。うーい」

　このカールは珍しいことに、サザキに話しかける数少ない人間なのだが、常識的な感性を持つ少年と酒を手放せないホームレスの組み合わせはなんともアンバランスだ。

「枝でいいならその剣売ったらマシな生活できるんじゃねえの？　なまくらなのか？」

「んがははは！　気に食わねえ持ち主の首にすっ飛んでくような、呪われてる刃物なんざ誰も買わねえよ！」

「魔剣じゃねえか！」

「げえっふ。坊主覚えとけ。これは東方の武器で刀って言うんだ。だから魔剣じゃなくて妖刀ってカテゴリー」

「結局あぶねえのに変わりねえだろ！」

「中々賢いな」

「さては馬鹿にしてるな⁉」

「だはははは！」

　カールはサザキの腰にある剣とは違う変わった武器、刀を見てそれを売れば少しはマシな生活ができるのではないかと提案した。それに対してサザキが語った危険性については、怒鳴っているものの全く信じていない。そういった呪われた武器の所持者の末路は正気を失っての死であると決まっており、ホームレスが酒瓶片手に寝っ転がっている姿とは全く結びつかないのだ。

「だいたいなんでそんなの持ってるんだ？」

「強敵やら宿敵と書いて友と呼べるような奴の形見みたいなもんだ。酒が大事と言ったが、なんだかんだこれは捨てられねえ。いや、やっぱり酒が一番大事だ」

「いい話になりかけてたのに酒を付け足すんじゃねえよ爺《じじい》！」

「言っておくが人生嫌になって酒に逃げてるわけじゃねえぞ。若い頃から酒が大好きでこうだった」

「聞いてねえし酷すぎんだろ！」

それでも心優しいカールは一応サザキの話に乗ってやったが、絶対に酒から離れようとしないため血圧が上がっていた。

「もう酒はいいから、とりあえず俺の剣を見てくれよ！　ふん！　ふん！」

「凄い」

「ちゃんと見ろやクソ爺いいいいい！」

埒《らち》が明かないと判断したカールは木剣を手にして集中すると、それを何度も振り下ろしては上げ、振り下ろしては上げを繰り返した。

それに対するサザキの反応は一言で素っ気なく、カールの血圧は益々上がっていった。

実はこの少年、街のある意味での名物爺になにを思ったか、暇しているんなら相手をしてくれと言わんばかりに突っかかり、いつの間にか剣士なら剣を教えてくれよと言いだしていたのだ。

「まあ待て。なんで俺から横を向いて剣先に集中してたのに、俺が見てないって分かったんだ?」

「え? そりゃあ……なんとなく?」

「お前さんの歳でそれだけ剣が振れて周りが見えてたら十分すぎるわ」

「そう、なのか?」

「そうそう」

酒瓶の底の酒を飲むため四苦八苦しているサザキの言葉だが、カールはどうも褒められているんじゃないかと思い誤魔化された。

「どうしてちゃんと剣を振りたいかもっぺん言ってみろ」

「なんだよまたかよ」

「いいから言ってみろ」

「分かったよ。弟と妹がいるから頼りになる兄貴になりたい。これでいいだろ? もう何回も言ったじゃん」

「その目的忘れるなよ」

「当たり前じゃん。そのためにはクローヴィス流に入門しねえと!」

「まあ気張れや」

カールはサザキと出会ってから毎回毎回、剣を振る目的を言わされており、弟と妹の顔を思い出しながら今回も口にする。

そして世界で最も著名な剣術流派の一つで、この街でも権威あるクローヴィス流派の門を叩くのだと意気込む。

「それはそうと基礎と走りこみは怠ってないみたいだな」

「サボったら強くなれねえじゃん」

「ふん。世の若造がみんなお前くらい聞き訳が良かったならな」

「……ひょっとして褒めてんのか？」

「お前の中ではそうなってるのか？」

「この爺！」

「ガハハ！」

サザキはカールへ課した走り込みや素振り、構えの取り方などを怠ってないと判断したのに憎まれ口を叩く。

「まあ今日はもうちっと付き合ってやる」

「本当か⁉　じゃあ必殺技とか教えてくれ！」

「馬鹿言ってんじゃねえ。剣は振り下ろしたら全部が必殺だろうが」

「な、なるほど！」

騒がしい妙な師弟の声は暫く路地裏で響くのであった。

「じゃあな爺！　くたばんなよ！」

「酒がないと死ぬかもしれん」

「言ってろ！」

それから暫く。騒がしいままカールはこの場を去っていった。

「いやはや。凄いと口にされましたか」

カールが去った途端、路地裏の陰から六十代ほどの翁《おきな》が出てくる。しかし六十代と言っても筋骨隆々で、腰にある剣と合わせて見ると古強者と言うべき様相だ。

「なんだ帰ってたのか。ま、俺のガキの頃に比べたら蟻《あり》んこだ」

「はは。それは前提からして酷でしょうに」

そんな立派な老人が、完全に酒を飲みほしたサザキに近寄りながら苦笑した。

「お前のところの未来も明るいな。適当な誰かをやって、中々見どころがあると道場に連れてけ」

「ご自分では？」

「俺の残った時間が後二十年あったらそれでもよかったがな。十年ちょいじゃ中途半端になる」

「分かりました。それはそうと兄弟子達から文句が出そうですなあ」

「お前のところがいいっつってんだからいいんだよ。ま、基礎はサザキ流だがな」

「なるほど。では最後の弟弟子、お預かりしましょう」

「おう」

「ところで別件なのですが、隣国で保管されていた強化薬の類が盗まれる事件があったようです。もしかすると、近々この街にも来るかもしれません。ミヒャエルという名の男で、特殊な暗殺剣の使い手のようです」

「はん？　今更薬だあ？　二十年ぶりくらいか？」

「恐らく」

「ご苦労なこった。まあどこかに隠されていると思うのは分かるし俺も断言はできんが、当時の錬金術師達は念入りに記録を抹消してたみたいだし、あれから実物も出てきてないってのに」

「全くですな。一応お気をつけてください」

「おーう。あ、そうだ。いい酒ねえか？」

「実は王都から送られてくる予定になっておりましてな。私はあまり飲みませんから、届き次第一つお譲りしましょう」

「いやっほう。あんがとよ！」

「それではまたその時に。師匠」

「おーう」

奇妙な会合は誰にも知られなかった。

それから数日後のある日、血相を変えたカールが街を走っていた。

「爺聞いてくれえええええ！」

「うっせえええ！」

相変わらず路地裏で寝っ転がっていたサザキはカールの叫びで飛び起きた。

「昨日クローヴィス流派の人に、道場の見学に来ないかって誘われちゃったんだよ！」

「よかったじゃねえか。もう教えることが無くなってたから助かった」

「え？　本当？」

最も著名な流派の一つの道場へ見学へ行けることに興奮していたカールは、地味なこととは言え教えてくれたサザキから全てを教わり切ったのかと感動しかけた。

「間違えた。正直教えるのが面倒だったから助かった」

「俺のちょっとした感動を返せええええええ！」

そしてサザキが態々《わざわざ》露悪的に言い直してくれたので顔を真っ赤にした。

「まあよかったじゃねえか」

「だ、だよな！」

「それでもう見学はしたのか？」

「した！　その時によかったら入門もどうかって言われたから、明日もう一回行って入門してくる！」

「なら気張れや。あそこは人が多いから埋《うず》もれるんじゃねえぞ。おっと、人と協調はしろよ」

「おう！」

なんだかんだと祝いながら発破をかけるサザキに、カールは頷《うなず》いた。

クローヴィス流派は著名なだけあり入門者が多く、門戸も広く開放されている。だがやはり、上澄みは一握りであるため、上を目指すなら相応の努力が必要だった。

「そんでまあ、その、あれだよ。道場で素振りした時に筋がいいって褒められてさ。ありがと」

「ふん。まあ、あれだ。基礎的なことに関してだけは免許皆伝をくれてやる」

「基礎の免許皆伝とか聞いたことねえけどありがとよ！　またな！」

「おーう」

奇妙な師に礼を言ったカールは気恥ずかしくなり、捨て台詞のような言葉を残して去っていったが、それから数時間後の夜に出歩かない小僧だったのは幸いだ。

夜のリアナルドは酒の街らしくあちこちに酒場が存在しており、賑《にぎ》やかさが衰えることはない。

だが賑やかな街にも負の噂《うわさ》が存在する。

かつての大戦中に一時使用され、結局は存在を抹消された強化薬が今も実在しており、そこから改良された物がどこかに隠されているのではないかという噂だ。

所詮噂なのだが、困ったことにこういった類の噂は消えることなく、誰かが否定したなら余計に怪しむのが人の性《さが》だ。

そして強さを求める者は時として道を踏み外し、外法《げほう》を求めてしまいやすい。

（薬があるとすればやはり領主の城か？）

闇に紛れ街に忍び込んだミヒャエルもその一人だ。彼は隣国でも強化薬の類を求めて騒ぎを起こしていたのだが、その薬は求める水準には全く足りず、かつての大戦で薬品の一大生産地だったリアナルドならばと思いやってきていた。

（クローヴィスの連中には気を付ける必要がある）

ミヒャエルがリアナルドに強化薬が実在すると思う根拠の一つに、クローヴィス流派の一大道場が存在していることも挙げられる。ただこれは順序が逆で、クローヴィス流派が薬とリアナルドを守っているのではなく、この男のような類がいるから、街を守るためクローヴィス流派が流行っているのだ。

(そこらの高弟共に後れを取るとは思わん。だがクローヴィス本人がいれば……)

ミヒャエルは自分を客観的に評価できている。

クローヴィス流派の最上位は誰も彼もが怪物揃いで、クローヴィス本人に至っては武の世界で知らない者がいない頂点の一人なのだ。

それは彼が切り捨てた様々なモンスターの骸《むくろ》が証明しており、ミヒャエルでは後れを取る可能性が高かった。

だからこそ、ミヒャエルはクローヴィスとの接触を避けようとしたのだが……。

神々の悪戯《いたずら》か信じられないことが起こってしまう。

本当に偶々《たまたま》、クローヴィスが届いたばかりの品を届けるため夜間に、しかも彼の立場からすればまずあり得ないことに、人気のない路地裏を付き人もなしに一人で歩いていたのだ。

そしてその極めつけの偶然、ミヒャエルとクローヴィスが路地裏でばったりと出くわす異常事態が起こった。

(馬鹿な！)

ミヒャエルは裏社会の一部で出回っている似顔絵通りの、クローヴィスの顔を見た瞬間に血の気が引いた。

夜間に忍び込んだミヒャエルの前に、たった一人クローヴィスがいる。つまりミヒャエルにしてみれば行動が読まれていた上に、クローヴィスが足手纏《あしでまと》いとなる雑魚を連れず、自分を殺すためにいるのだとしか思えなかった。

（殺す！）

だから逃げても備えられていると考えたミヒャエルは、死中に活を求めるためにクローヴィスを殺すことを決断した。

（まさかミヒャエル⁉）

クローヴィスもまた混乱していた。

ミヒャエルの方は似顔絵が出回っていなかったため、クローヴィスは確信を持てなかったが、それでも達人だからこそ気が付く血腥《ちなまぐさ》さを感じ取り、目の前の人物が話に聞いたミヒャエルではないかと疑う。

つまり、クローヴィスと確信して斬ると決めたミヒャエルの方が、先手をとれて圧倒的に優位なのだ。

「っ！」

ミヒャエルは僅かな呼気と共に剣を抜き放ち、最速最短で仕留めるため突き刺そうとした。

「っ！」

一瞬だけとはいえ明らかに出遅れたクローヴィスだが……全身の筋肉が捩《ね》じ切れるような勢いで足、膝、胴、肘、手、頭すらも稼働させて抜刀すると、突きではなく剣を持ち上げて振り下ろした。

その殺意に反応してミヒャエルの剣が力を解き放つ前に。体を貫かれる前にである。

「ぎっ⁉」

ミヒャエルは信じられなかった。

確かに先手を取り、一直線に仕留めるため剣を突き刺そうとしたのに、出遅れたはずのクローヴィスの剣が先にミヒャエルを肩口から断ち切っていたのだ。

体中に筋を浮かび上がらせているクローヴィスと彼の兄弟弟子には信条がある。

剣とは……振り下ろせば全て必殺であるという。

究極的に言えばどちらとも……ミヒャエルだけではなくクローヴィスも殺人剣を極めているのだ。

魔道具に魔剣、異能に権能。魔法や特殊な能力による初見殺し。

そんなものが溢れている世で、捕縛などという甘いものが存在する余地はない。

冗談でもなんでもなく、四肢を切り落とされようが意識がなかろうが相手を殺せる者や道具が複数存在するなら尚更だ。

故にこそ、クローヴィスと彼の兄弟弟子は師から、殺し合いで剣を振り下ろすなら必ず殺せと教え込まれていた。

そして、教えを忠実に守るために必要だったのは、圧倒的な速さであった。

「……」

倒れ伏したミヒャエルをクローヴィスが見下ろす。

(ちっ。不甲斐《ふがい》ない弟子と言いたいが……クローヴィス。これほどか)

ミヒャエルの師である青年を装った男もまた、遠くの屋根から弟子の敗北を見ていた。

（あれほど速い剣とは思わなかった。負けるとは思わんが……真っ正面から挑めば後れを取りかねん。それにどうも、あるかはっきりしない薬を巡って戦うには採算が合わんな。ここは退《ひ》くとするか）

いや、弟子ではない。単なる捨て駒を利用してクローヴィスの力を測っていた男は……。

「えらく血の匂いの濃い奴がいると思ったらこれだ。魂食いの秘術やら色々やってた奴と同じ匂いがするぞ。一応警告しておくが大人しくしておくことを勧める」

酒瓶を屋根に置いて、話しかけてきた男の接近に気が付かなかった。

背後から聞こえてきた声にぎょっとした青年は警告を無視して剣を引き抜いた。

長い研鑽《けんさん》による剣の技術、魂食いの魔術に関する技。そして過酷な過去に起因する諦めの悪さを持つ、青年のように見える男は確かに達人に分類される。

だが。

技術が、技が、過去がどうした。全て、一切合切、なにもかもが無意味。態々殺しの場で語る必要などない。名を知る必要もない。過去を知る必要などない。手加減をする必要などない。

速さはそれら全てを置き去りにする。

「抜いたな？」

サザキの呟きだけが音として発せられた。

抜刀。

赤光《しゃっこう》。

納刀。

酒瓶に口を付ける。

飲む。

静寂。

名も知らぬ男が鞘から剣を抜き放った直後、瞬きの間のことであった。

ホームレスサザキ、またの名を神速の剣聖サザキ。

その太刀の煌《きら》めき。

未だ衰えず。


フェアドとエルリカが街を訪れたのは、こんな騒動が起こった後であった。

そして剣聖と勇者が久方ぶりに再会したのだから、それはもう世を揺るがすような会話に。

「さ」

「ない」

全くならない。

酒は勿論《もちろん》持ってきたよなと言いかけた剣聖サザキを、フェアドがそれこそぶった切った。この二人、少年期からの付き合いで親友と言っていい間柄なのだが、その分遠慮が全くない。

「そ」

「ないです」

そう言いつつ秘蔵の酒を持ってきてくれたんだろうと言いかけたホームレスサザキを、エルリカもぶった切った。彼女もかつての旅の中で酔っ払いの生態とあしらい方を学んでおり遠慮がない。

「っていうかなんで山から下りてきたんだ？」

そしてフェアドとエルリカが把握している通りサザキは、一言目の酒を切り捨てたらちゃんと本題に入る。

「お迎えが一番近いからな。知り合いと息子、孫、ひ孫の顔を見に行く旅に出た。最初は近場にいたお前だ」

年老いたフェアドは、相変わらずの親友に引っ張られたのかつい若かりし頃の口調で説明する。

「嬉《うれ》しいこと言ってくれるじゃねえか。うん？　息子連中は確か……」

「隣の大陸だ」

「そりゃあ長旅ご苦労さん」

「まあ実際、俺も十年ちょいだろうよ」

「よく酒で死ななかったと思う。なあエルリカ」

「全くです」

「だははは！　俺が酒で死ぬとかあり得ねえ！」

笑うサザキと対照的にフェアドとエルリカが心底呆《あき》れた表情になる。かつての苦難の旅ですらサザキは常に酒を飲み続けており、その酒量は普通に考えたら体が壊れて生きている筈がないほどだ。

「よし。なら俺もその旅に同行しようじゃねえか」

「なに？　まあ……どうしようかエルリカ」

「私は構いませんよ」

「なら、そうだな。久しぶりに旅に行くとするか」

「決まりだ。エルリカも加えて八十年ぶりにシャイニングスターを再結成といこうじゃないか」

急なサザキの宣言にフェアドの皺と頬が引き攣《つ》り、今すぐ悪友の口に酒瓶を突っ込みたくなった。

旅に同行すると言い出したことにではない。知人に会いに行く旅が、昔懐かしいパーティーメンバーとの旅にもなることは、フェアドもエルリカも嬉しいものだ。

しかしシャイニングスターとは、戦士として駆け出しだった頃のフェアドとサザキが結成した二人のチーム名で、エルリカが初めて聞いた単語の意味を夫に視線で尋ねている通り、妻にも秘密にしていた若き日のノリだった。

「そんで次は誰に会いに行くんだ？」

「ララだ」

「ああっと……」

笑みを湛《たた》えたままだったサザキが、フェアドが口にした名前を聞いた途端、参ったなと言わんばかりの妙な表情となり、後頭部をガシガシと掻《か》いた。

「どうやら俺の旅はここまでみたいだな。幸運を祈る」

「徒歩ゼロでなに言ってるんですか」

ぐるりと頭を揺らしたら急に晴れやかな表情となったサザキに、ジト目となったエルリカが突っ込む。

「なんだかんだと会ってるんだろう？」

「まあそうなんだが……」

フェアドの言葉に対しサザキは再び頭を掻く。彼の歯切れが悪いのはララという名の女が原因だ。

「俺が死んだとき、遺産はララと倅《せがれ》のところに行くように手続きしちまっててな。あれだ。格好つけたから気恥ずかしい」

「あー。なるほど」

どうしたもんかと首が下がっていくサザキに、フェアドはなんとも言えない顔になる。

ララという女は一応サザキの妻で子供まで儲《もう》けている間柄なのだが、付かず離れずの関係を七十年近く続けてきた相手でもある。サザキはそんな相手に対し、自分の死後に手持ちの数少ない物品を送るよう手続きしたことが気恥ずかしいようで、どんな顔して会えばいいのかと悩んでいた。

「いや、まあ……そろそろララに会おうかと思ってたし丁度いいか。なら旅の準備をするとしよう。弟子共にも伝えんとな」

だが悩んだサザキは結局旅に同行することを選んだようで、ゆっくりと立ち上がった。

この剣聖、今までずっと酒瓶を片手に握ったまま地面に座りっぱなしだったのだ。


「え⁉」

クローヴィス流派に入門した新しき剣士のひよっこ、カールは信じられないものを見た。

「ああいたな、洟垂《はなた》れカール」

ホームレスサザキが、なんと二本の足で歩いているではないか。

「ついに酒で頭やられたのか⁉」

「昔から俺が普通に歩いただけで、どいつもこいつも似たような事を言いやがる」

カールは非常に失礼なことを叫んだが、サザキを知る者達はほぼ全員同じ反応をするだろう。実際サザキは昔から同じようなやり取りを繰り返しており、かつての大戦中に一時だけ禁酒状態だった際は、ついに人類が負けて世界の終わりかと騒がれもした。

「ちと旅に出ることにしてな。じゃあ伝えたぞ」

「ちょっと待ってろ！　今すぐなんとかして酒買ってくるから、それまで死ぬんじゃねえぞ！」

サザキの急な発言に、カールは酒で頭をやられたのではなく、酒がなくなったから頭がやられたのだと判断したようだ。

「まあ聞け洟垂れ。ダチと顔見知りに会いに行くことにしてな。かなり遠くに行くかもしれんから、まあ三年以上は帰ってこん」

「はあ⁉」

普段なら笑いながら早く買ってこいと流すサザキだが、珍しくちゃんとした顔でカールに予定を告げる。

だがカールにしてみれば、どう見てもホームレスの爺が急に旅に行くと言い出し、しかも三年は帰ってこないと宣《のたま》うのだから驚くしかない。

「ぽっくり死んじまうぞ⁉」

「馬鹿言え。年がら年中街で寝っ転がってる奴が、旅に出ただけで死ぬか」

「いや、まあ、うん。確かに」

カールはサザキをなんとか正気に戻そうとしたが、言われてみればこの爺、酒で酔っ払っている以外はやたらと健康だったなと思い返す。

「でもなんで急に」

「まあ旅に出ただけでは死なんが、爺になったら最後に顔だけは見とかねえといけない付き合いってのが多いんだよ」

「あー、ジジババならそういうのはあるだろうけどよ……」

旅の理由を聞いたカールは、年寄りらしいサザキの言葉に納得をするが語尾が弱い。

なんだかんだと面倒を見てくれたサザキが急にいなくなることが、まだ少年と言っていいカールには寂しいのだ。

「なに、死ぬ時はここの酒に囲まれてと決めてるから戻ってくる」

「そこは孫とかだろ!?」

そんなカールの寂しさを斜め上にかっ飛ばしてしまうほど、サザキはどうしようもない酒馬鹿だったが。

「ってな訳で俺は旅に行くからな。自分が強くなる理由は忘れるなよ」

「分かったよ分かりました！　弟と妹が頼れる兄貴になる！　これでいいんだろ！」

「おう。それでいい」

「旅してる最中にくたばんじゃねえぞ爺いいいい！」

「誰に言ってやがる洟垂れめ」

一方的に予定を伝える以上のことをしないサザキは踵《きびす》を返し、カールの罵声のような声にニヤリと頬を釣り上げる。

この少々騒がしい少年と酒にだらしない老人。奇妙な師弟に湿っぽいものが似合うはずもなく、実にさっぱりしすぎている別れだった。

ただ、サザキにはこの街にもう一人弟子がいる。

「おおおおおお！」

「ぜあああああああ！」

木剣を持った男達の裂帛《れっぱく》の気合がクローヴィス流派の道場の中で轟《とどろ》く。

クローヴィス流派の道場は、木造の建物の中も外も訓練場として機能するほど広い敷地を持っており、それだけで領主から特別扱いされていることが窺《うかが》える。

その奥に座る偉丈夫。六十を過ぎている筈なのに筋骨隆々の男こそが道場で汗を流す男達の師。

斬って斬って斬り続けた男、クローヴィス。

そんなクローヴィスはここ数日忙しかったようで、道場は高弟達に任せて領主の館に足を運んでいた。噂では犯罪者を捕まえたとか切り捨てたとか言われており、流石はクローヴィスだと称えられている。

（やっぱヤベエわ。これで師匠や兄弟子達には劣るとか言ってるけど、絶対謙遜だろ）

青年の割には中々の使い手である門弟の一人が、ただ座っているだけなのに凄まじい〝威〟を放つクローヴィスに慄《おのの》く。

このクローヴィスには謎が多く、師匠や兄弟子達には劣ると公言していることが多い割に、その師匠達のことを誰も知らないため、殆どの者は彼の謙遜だろうと思っていた。

ただこれは事実だ。

クローヴィスは兄弟子達や師には届いておらず、幾人かの弟弟子にも劣っていた。

しかし、世間では彼らの中で最も成功している。

「集中せい」

「は、はい！」

稽古中に別のことに意識を向けてしまった青年をクローヴィスが叱る。

世界中で多くの弟子を抱え、数十人が激しく稽古している最中《さなか》でも集中力が乱れた者を見つけるクローヴィスは、指導力と人間観察力に優れ、きちんと技術を継承できている。

師から独立して独自の流派を生み出したものの、後継者への技術継承で困っている兄弟子がいることを考えると、クローヴィスの力は得難い素質なのだろう。

そんなクローヴィスを育て上げた師匠は、さぞ立派な人物なのだろうと多くの者が思っていたが……実際は剣聖と呼ばれたホームレスだった。

そんなクローヴィスも新たな弟弟子ともいえるカールの件や、魔剣使い達の後処理でここ数日忙しい。

忙しい夜のクローヴィスの道場に、師であるサザキが訪れたのも珍しいが連れが問題だったのだ。

（ヤ、ヤベエよヤベエよ……）

偉人であり、もういい年のクローヴィスが若造だった時のような口調で内心呟く。

「すみません。突然お邪魔させてもらって」

「い、いえいえ！　どうかご遠慮なく！」

王城で剣術指南を務めていた時ですら緊張したことのないクローヴィスが、ガチガチに固まっている原因。それは申し訳ないと頭を下げている翁《おきな》と媼《おうな》の二人だ。

（師匠のダチとかかなり限られるじゃん！）

サザキから、ダチと旅に出るから預けてる細々とした物を出してくれと押しかけられたクローヴィスは、一見するとホームレスにしか見えないサザキが勇者パーティーに所属していたことも知っている。だからこそ、サザキが二人をダチだと紹介した時、クローヴィスの脳内ではある肩書が閃《ひらめ》いた。

「俺とは随分態度が違うなあ、おい」

「客観的に考えてみろ。路地裏で酒瓶持って寝っ転がってる奴に遠慮が必要と思うか？」

「そいつは酒の道理ってのが分かってるから尊敬されるべきだ」

「酒馬鹿の道理だろうが」

（あわわわわ。師匠に酒馬鹿とか言っちゃってるよ。実際そうだけど）

サザキが緊張しきっている弟子のクローヴィスを揶揄《からか》うと、即座にフェアドから突っ込みが入った。それに慄くクローヴィスもかなり遠慮がないことを思っていたが。

「それにしても東衣《ひがしころも》か。久方ぶりに見るな」

「そうだろう、なんせ俺も久しぶりだ」

軽口を止めたフェアドが目を細めてサザキの服装を懐かしむ。

サザキの着る東方諸国の東衣は少々独特な衣装であり、合羽《かっぱ》、手甲、股引《またひき》、脚絆《きゃはん》、足袋に草鞋《わらじ》と呼ばれる物を身に着けていた。

この一帯で珍しいは珍しいが、サザキ達が若い頃に比べ現在は東方諸国との交流が活発であり、かつての奇抜な衣装は時折見かける異国の服程度の認識になっている。

いずれもクローヴィスがサザキから預かっていた物だが、全てが完全に特別製であり、最上位の物理・魔法両面に対する防御性を誇っている。これに彼の腰にある妖刀を加えると、城が建設できるほどの価値があるだろう。

「折角道場にいるんだ。懐かしいついでにやるか?」

(み、み、見てえええええええええ！　え⁉　俺だけが見ていいの⁉　兄弟子達に知られたらなんで教えねえんだって、マジ顔で襲撃してくるんだけど！)

サザキがニヤリと笑いながら腰に差した刀を揺らしフェアドを見ると、クローヴィスは思わず手で口を塞ぎ子供のような絶叫を我慢する。

伝説の剣聖と、クローヴィスの推測が正しければこれまた伝説の人物の立ち合いなど、全世界にいる強者が見物席を巡って殺し合うほどの一大事だ。

ただし一点だけ問題がある。

「この辺りが全部吹き飛ぶだろうが」

「まあそうだな」

「あ、それは……」

呆れたようなフェアドの言葉に、自分の道場が吹き飛ぶのは勘弁してほしいクローヴィスが急に冷静になった。サザキの異常な剣の間合いを知っているクローヴィスは、それが現実的に起こり得ることも知っている。

「よし。じゃあ世話になったなクローヴィス。あのよく分からん魔剣持ちのことが分かったら、ラ経由で知らせてくれ」

「はい。とはいえリン王国にも知らせていますが……」

「まあ、時間はかかるだろうな」

「なんじゃそれ？　魔剣持ち？」

別れの挨拶を済ませようとするサザキの言葉に引っかかったフェアドが首を傾げた。

「俺とクローヴィスに斬りかかってきた魔剣持ちが二人いてな。クローヴィスがやったのは、ミヒャエルとかいう奴でよく知られてたみたいだが、俺が斬った方が分からん。まあ、剣の道にいたらよくあることだ。碌《ろく》に知らない腕の立つ奴に殺されることも殺すこともな」

「ふむ」

フェアドは捕縛して尋問云々《うんぬん》などという愚かなことは言わなかった。魔法や特殊な能力がある以上、相手がどれだけ格下でも、武器を取り上げて捕縛後に尋問したらそれでよし。などという世界ではない。

容易《たやす》く人を殺せるか、未知の能力が幾つもあるのだから、決闘が行われたのならどちらかの死でしか決着はあり得ないのだ。

「そんじゃ夜はこいつらが泊まってる宿屋で過ごすから、また数年後に会おう。カールの洟垂れを頼んだ」

「はい師匠」

預けていた物を全て身に着けたサザキは、指導力のあるクローヴィスにここ数年面倒を見ていたカールを託す。サザキもできるならカールを最後まで指導してやりたかったが、残された時間を考えると確実に中途半端な物になるため、信頼している弟子に任せるしかなかった。

「旅の天気がいいことを願っています」

「分かってるじゃねえか」

クローヴィスは最後に旅の無事を祈るのではなく天気がいいことを願い、サザキはニヤリと笑う。

かつての勇者、聖女、剣聖が揃った旅なのだ。

平穏とは程遠く……。

そして旅の無事を害せる者がいる筈ない。

ただ、フェアドとサザキの関係は堅苦しい肩書を必要とするものではなく……腐れ縁の悪友だ。

「なあフェアド。一緒に馬車に乗るなんていつぶりだ？　流石《さすが》に昔過ぎて覚えてねえ」

「儂《わし》も全く思い出せん」

「初めて乗ったときに感動したことは覚えてるが……」

「馬を間近で見てはしゃいだのう」

「だっはっはっ！　はしゃぐ前にこの四足の生き物はなんだってお互いビビっただろ！」

「ほっほっ。確かに。維持費と手間を知ったとき、お貴族様しか無理だろうとも思った」

街を出てどこか遠くを見るサザキにフェアドも昔を懐かしみながら頷く。

農村生まれの子供だったフェアドとサザキは、高級生物と言える馬との縁がなかった。そのため初めて遭遇した時、なんだこの生物と慄き、馬の購入費と維持費を知ると更に度肝を抜かれたことがある。

「エルリカの時は」

「もうやめてくださいよお爺さん」

「ほっほっほっ」

懐かしい思い出に記憶が刺激されたフェアドは、エルリカが馬と初めて対面した時のことを口にしようとしたが、彼女は僅かに頬を赤らめて夫を止めた。

（第一声が美味しいのかだったからのう）

それもその筈。フェアドの記憶の中では、若き日のエルリカが初めて見た馬をじっと観察して、この生物の味を尋ねていた。流石に歳を取った今のエルリカも、当時の反応があんまりだと思っているからこそ、頼むから触れないでくれとフェアドを止めたのだ。

（エルリカが砂糖と塩を間違えたことを蒸し返すのは止めておいてやるか。武士の情けというやつだ）

サザキはじゃれている夫婦を見ながら、エルリカの別のやらかしを心の中で留めた。

事情で箱入り娘であったとしか言いようがないエルリカは砂糖と塩を間違えたこともあり、サザキが気付かねばその日の晩飯はとんでもないことになるところだった。

しかしそれはかつての話であり、今はちゃんと母親として子供を育てた老婆である。

（それにしても懐かしいな）

狭い馬車の中に他の客もいるため珍しく、それはもう珍しく酒を飲んでいないサザキが昔を懐かしむ。

かつての魔の大戦中、サザキ達は馬車に乗って各地を転戦しており、馬車こそが彼らの拠点であり家だった。

（あの馬も立派に働いてくれたものだ）

サザキは飲みこそしなかったが、当時世界最高の馬と称えられ自分達の馬車を引っ張った名馬に酒瓶を掲げる。流石に世界最高の名馬といえども寿命には抗えず、サザキ達の戦友と言っていい馬はこの世にいなかった。

いや、馬だけではない。戦後七十年も経てば多くの人間が亡くなり、大戦の当事者であった世代はエルフなどの長命種以外ほぼ残っていない。当時青年だったサザキ達と少し後の生まれが最後の世代であり、彼らが死去すれば世界を別《わ》けた大戦は過去のものになる。

（平和だな）

サザキの感覚は周りの全てが平和なことを捉えている。

あくびをしている青年。外の景色を眺めている女。フェアドとエルリカと同じく、身内に会いに行こうとしているらしき老夫婦。

サザキ達が勝ち取ったものだ。

天が腐り落ちた。大地が燃えた。人が死に絶えた。理《ことわり》が解《ほぐ》れた。そして暗黒が降臨した。

恐怖と絶望だけが支配していたあの日々。忘れることなき終わりの世界。

『そ！　れ！　が！　ど！　う！　し！　た！』

サザキの目の前にいる、皺だらけの顔を笑みの形にした小柄なヨボヨボ爺、フェアドが立ち上がるまでは。

（ダチながらヤバすぎる奴だ。あの時代になんとかしてやるだなんて誰が宣言する？　頭がおかしい奴の妄言だろうよ）

当時幼少だろうがサザキは鮮明に覚えている。あっという間に縮小した人類の生存圏、真っ赤になった空。英雄、賢者、英傑、騎士、王。そういった類の者達がなにもできなかった混乱の絶頂期。

そんな時代に、ただ一人の少年だけが空に剣を掲げてなんとかして見せると宣言したのだ。紛れもなく状況が分かっていない子供の妄言。

そして少年は青年となり。

言葉通りなんとかして見せた。

天は青を取り戻した。燃え盛る大地は静まった。人の死すべき定めを打ち破った。理を修復した。

そして暗黒を切り裂いた。

（全く。妙な奴と関わっちまった）

サザキは自分のことを棚に上げてフェアドを妙な奴と評するが、全員が奇人変人で曲者揃いのパーティーメンバーの中で、サザキはある意味特に変わり者だった。

大義も志もなく、ダチに付き合ってやるかという感情だけで暗黒の領域まで同行し、最後の戦いに赴いていたのだ。死地に単なる友情で付き合うなど、これを変わり者と言わずなんと言う。

（ララ達は戦う目的意識があったな……ああああ本っ当にどんな顔したらいいもんか……）

自分と違いきちんとした目的があって大戦を戦い抜いた仲間達のことを思うサザキだが、そこでうっかり自分が会いに行っている、恥ずかしい遺書を送ってしまった妻のことで途方に暮れてしまう。

飄々《ひょうひょう》として年がら年中酔っ払い地面で転がっているサザキだが、意外と普通の感性も持ち合わせている。

そのためフェアドとエルリカの想像通り、今までの思い出と愛しているという言葉を添えていた遺書を、自分の存命中に読まれたことが恥ずかしいのだ。

（ま、まあいい。なるようになれ！）

殆どやけっぱちなサザキは妻ララを想って考えはしたものの、そもそも目的地はここからあまり遠くないため心の準備をする暇もない。

「む、見えてきたぞサザキ。マルガードだ」

「よし。酒が飲めるな」

「ああそうだな」

数日馬車で揺られていたフェアドは、酒瓶を揺らすサザキに取り合わず前方に見えてきた街を眺める。

巨大な城郭からはみ出ている幾つもの巨大な塔、あちこちから立ち昇る赤や青の奇妙な煙はいかにも怪しげで、人によっては街に入るのを躊躇《ためら》ってしまうだろう。

街の名を魔法都市マルガード。

名の通り魔法使いが集まり日夜研究が行われている都市で、ゴーレム馬車もここで生み出されたものだ。

「マルガードは変わっている気がしませんね」

「正解。昔と同じで妙な奴らがうろついてるぞ」

立ち昇る奇妙な煙に記憶を刺激されたエルリカが、マルガードは変わっていないと予測するとサザキが肯定した。

かつての魔の大戦中でもマルガードは魔法使い達の拠点であり、日夜怪しげな者達が怪しい研究をしている怪しい場所だった。

つまり今も昔も世間一般の認識では全てが怪しい街で、そのうち街全体が吹き飛ぶだろうと思われていた。

「着いたぞー」

「いよっし！」

そんな街への到着を御者が告げると、サザキは馬車から飛び降り、酒瓶を開けて直接口を付け酒を流し込んだ。

「かーっ！　今日も酒が美味い！」

「それじゃあ入りましょうかお爺さん」

「そうだのう婆さんや」

酒に依存している訳でもなく、単に大好きなだけのサザキを無視して、エルリカとフェアドが街の門へ歩を進める。

「混んでおるの。商人かな？」

「魔道具を取り扱ってるのでしょうね」

ゆっくりヨチヨチ歩くフェアドとエルリカは、平民らしいものの恰幅《かっぷく》のいい者や身なりが整っている者達が門の前で集まっているのを見て、商人が魔法による産物を取り扱うためにやって来たのだろうと考えた。

「帰りの道中で爆発しなけりゃいいけどな」

「戦時中じゃあるまいしそんなこと……え？　今もそうなのか？」

「まあ多分大丈夫だろう。多分」

酒の味を堪能したサザキが呟くと、フェアドは一旦否定したものの昔を思い出して急に不安になった。

実は大戦中のこの街の住人、強力な魔道具を開発したはいいが、安全性や信頼性という言葉を知らなかったかのような事態を頻発させていた。

「まさか危険物がないか、出ていく方を確認しとるんじゃなかろうの」

「どけ爺！」

「おっとこれは失礼しましたな」

街の特異性を考えるとあり得そうなことを確認するためフェアドが列から身を乗り出すと、その後ろから怒鳴り声が響いた。

だがどけと言った三十代ほどの男とフェアドは十分離れていたため、フェアドは口では謝ったもののの、はて、そんなに邪魔だったかと首を傾げた。

「〝漸進〟だ。通せ」

そんな男は列を無視してずかずかと歩き続けて門に辿《たど》りつくと、これで分かるだろうと言わんばかりにふんぞり返った。

海岸

表層

中層

漸進層

深層

超深層

この六つで魔法使いの実力は区分されている。

海岸は魔法使いの入門者を全てひっくるめたもの。表層は修行を終えたきちんとした魔法使い。中層はベテランである。

だが、半分の中層でベテラン扱いなのは、それだけ魔法の道が深く険しいことを意味している。

そして漸進層ともなれば超一流の代名詞であり、深層がほんの僅かしかいない時代を代表する天才達、超深層に至っては歴史上数人なのだ。それを考えると例外を除いた場合の頂点は深層であり、その次点である漸進層に三十代で至った男が特別扱いを要求するのも仕方ないことなのかもしれない。

実際、小国でなら漸進層の魔法使いは強力な戦力となるため、どこへ行っても丁重な扱いを受ける。

だがここは魔道都市である。小国ではトップに位置する漸進層が掃いて捨てるほど、とは言わないがそれほど珍しい存在ではないのだ。

「この街は初めてですか？　規則は規則ですので、緊急時でないのなら最後尾にお並びください」

「なんだと⁉」

それ故にどうでもいい理由で規則の例外を許せば、歯止めが利かなくなることが分かっている門番は、順番を守れと突っぱねたが、男はそれが癇《かん》に障って仕方ないらしく顔を真っ赤にする。

「お前では話にならん！　責任者を呼べ！」

男はこの類の存在の必殺技を繰り出した。

しかし重ねて述べるがここは魔道都市マルガードなのだ。その必殺技は藪《やぶ》をつついて蛇どころではない騒ぎを引き起こしてしまう。

「まあまあ。層の位階は魔道において飾りでしかないというのがマルガードの理念でしてな。ここはどうか穏便に」

「引っ込んでろ爺！」

見かねたのであろう。偶々街から出てきた七十代ほどの老人がフードを取り払って仲介しようとしたが、魔道に携わっている癖に理性と知性を感じさせない男は顔を赤くしたまま怒鳴るだけだ。

代わりに門番たちが顔を真っ青にした。

「マルガードの行政に参加させてもらっているアルドリックと申しましてな。先程貴殿が仰っていた責任者の資格は十分あるのですよ」

「それがど⁉　な、なに？　なに？　なに？」

アルドリックと名乗った老人に再び怒鳴った男だが、脳がその名を認識するにつれて誰よりも青い顔になり言語機能が壊れた。

「う、うそだ」

「嘘《うそ》と言われても……」

嘘であってほしいと願う男の眼前にいる老人。

〝焼却〟のアルドリック。

超深層という例外を除いた現実的な魔道における頂点。深層位階に到達した大魔法使い。

それも単なる深層位階ではない。限りなく超深層に近い存在であると目されている埒外《らちがい》の一人で、二つ名の通り得意にして特異な炎の魔法は、城壁を容易く融解させる古代龍のブレスすら真正面から打ち破れるのではないかと噂されるほどだ。

「しょ、証拠を」

「これでよろしいか？」

なおも見苦しく悪あがきをしようとした男だが、アルドリックの右指全て、親指、人差し指、中指、薬指、小指に複雑な紋様が記された光の輪が浮かび上がると絶句した。

魔法使いの利き手の指に浮かび上がる光の輪は、単純にその数が分類に直結する。

一つなら海岸、二つなら表層、三つなら中層、四つなら漸進層、五つなら深層である。

漸進層と深層、一つの違いと侮ることなかれ。その一つで途方もない努力と才能が要求されるものであり、魔道の深みに至るにつれてその差は大きくなる。

そのため男の漸進層とアルドリックの五つ、深層には埋めがたい深さの差があるのだ。

「こ、あ、ああ。こ、こ、これで失礼します」

明らかに格上で半ば伝説上の人物の証拠を突き付けられた男は、麻痺《まひ》した舌でそう言い残すと足早に列から離れ去っていった。

(緊張するから特別な出入り口作ってほしい……)

一方の門番達は、特別扱いされてしかるべきアルドリックが並んでいることに緊張して、身分に合った行動をしてくれと思う。だが残念なことにアルドリックの言った、層の位階は魔道において飾りでしかないというマルガードの理念は本当のことであり、数百年続いているその考えにはアルドリックでも従う必要があった。

そんなアルドリックが去っていく男の後ろ姿を確認して……植物のように佇《たたず》み生きているか怪しい老夫婦、最後尾で我関せずと酒を飲んでいる駄目爺の姿を見てしまうと……。

「い⁉」

今すぐお通ししろと門番に叫びそうになったのはなんとか我慢できたが、全身から汗がぶわりと噴き出した。

(な、なぜサザキ様が⁉)

アルドリックは心底驚愕《きょうがく》した。

(いやそれだけではない！　恐らく勇者様ご夫妻だ……！)

実はアルドリックはサザキだけではなく、フェアドとエルリカとも面識がある。

尤《もっと》も偶にこの街を訪れるサザキと違い、フェアドとエルリカに関してはアルドリックが若い頃に一度会っただけだ。しかし、かつての勇者が旅をしていると師に聞かされていたアルドリックは、サザキの傍にいる僅かに見覚えがある人物が勇者夫妻だと確信した。

(師匠からは見つけても放っておけと言われてるが、そういう訳にも……いや、私的なお時間のお邪魔をするのも確かにマズい……)

そしてアルドリックにすれば、文字通り世界を救った者と、比較的平穏な時代に頭角を現した自分とでは格が違うと認識しており、よちよち歩きのよぼよぼ夫妻だろうが雲の上の人なのである。

(サ、サイン……いかんいかん！　なにを考えている！)

アルドリックは混乱している。

七十代ほどの人間は、命ある者達と大魔神王の最終決戦前後、もしくは勇者パーティーが事実上解散した後の生まれで、大戦の当事者世代ではない。しかし勇者パーティーの武勇伝を聞いて育ったため、非常にファンが多かった。

アルドリックもその一人で、子供の頃は木の剣と盾を持って勇者ごっこをしていたほどだ。

そのため今現在、九十歳のよぼよぼ夫婦に熱い眼差しを向ける、七十代老人という少し妙な構図が出来上がっていた。

一応述べておくがアルドリックの魔道強度である深層位は、例外を除いた当代最高のものであり、どんな王国に赴いても素晴らしい待遇が約束されている。しかも世界中で選ばれし高位魔導士のみが出席できる、魔法評議会の出席資格も有している偉人だ。

(仕事がなければ……!)

だがその評議会に呼ばれているアルドリックは時間の余裕がなく、しかも目立つことを避けているらしいフェアド達に声を掛けるのも憚《はばか》られる。そのためアルドリックは何もできず仕事に向かうしかなかった。

そんなアルドリックのことは一旦置いておこう。

同時刻。

「フェアドとエルリカ。それと馬鹿亭主が来たかい」

小さな魔導書屋。限られた者しか認識できない場所で、かつては妖艶そのものだった褐色の肌を持つ老婆が、赤と青のオッドアイを細めて面白そうに呟く。

老婆の机の中には友人達から送られた、顔を見に行くという連絡の手紙。そして旦那から送られた、遺書と銘打った実質恋文が収められていた。

名をララ。

かつて勇者パーティーに所属した魔女である。

◆

〝剣人〟クローヴィス
――完成した〝個〟か、技術を継承する〝流れ〟か。武人によってそのどちらが正しいかの答えは違うだろう。だが少なくとも、彼の兄弟弟子でクローヴィスを侮る者は一人もいない――
〝可能性〟のカール
――未来。可能性。ああ、なんと素晴らしい言葉だ。そしてなんと凄まじい――
〝神速の剣聖〟サザキ
――幼少のサザキは空の酒瓶を振り回し、まさに子供の仮説を考えた。誰よりも速く剣を振るえるのならば、それは最強の一つなのではないか、と。正しかった――

第三章

消却の魔女

THE LAST JOURNEY OF OLD HERO PARTY

「あの飲んだくれ亭主め。ついに酒で頭がやられちまったらしいね。弟子に聞けば、師匠はピンピンしてると言うのに、持ってきたのは遺書ときた」

古い本ばかりが置かれた書店の奥。皺《しわ》だらけの褐色の肌、青と赤のオッドアイ、真っ白になった短い髪の老婆、ララが呆《あき》れたように呟《つぶや》く。

だがその口角は無意識に吊《つ》り上がっている。

もう何度も読んだ少々特殊な魔道具でしたためられたサザキの遺書には、遺産と腰に差してある妖刀の処置について書かれていただけではない。

出会いから始まり、駆け抜けた大戦、結ばれた日、大魔神王を打ち倒した時、子供が生まれた時の想い出。そして愛の言葉で締め括られていた。

「ふん。全く」

鼻で笑うララの口角は吊り上がったままだ。

彼女は色々と口にしないサザキのことを分かっていたが、実際に文字にされるとなんとも言えない感情が沸き上がる。

「それにフェアドとエリルカからも手紙ときたもんだ」

サザキからの手紙を仕舞ったララは、数週間前に友人の使い魔が送ってきた手紙を思い出しながら、夫からの手紙といい珍しいことが重なると思った。

「……最後の旅、か」

ララは手紙の内容を思い返しながら無意識に指を動かして魔法を行使する。

「懐かしいね」

なにもない空間から出現した絵に、まるで過去をそのまま保存されているかのような精度で描かれている人間達。

中央で悪ガキのように笑う青年時代のフェアドと、彼に寄り添うエルリカ。端で酒瓶を飲み干しているサザキ、その隣には腕組みをしているララ。そして他の戦友達。

この絵の人間達こそ伝説にして人類最強の集団、勇者パーティー。

尤《もっと》も社会不適合者、奇人変人の集まりでもある。一例を挙げると、絵の中で薄い布を股間に巻いただけの筋骨隆々な大男が、その自慢の筋肉を見せつけていた。ナルシスト気味な露出魔もいたのだ。

「……さて、来たんなら迎えに行ってやるかね」

変人達に振り回された側と自認しているララは、パーティーメンバーの絵で彼らの奇行を思い出してしまう。そして天を仰ぐと絵を別空間に収納して、目先のことに取り掛かるため店を出た。

亭主と友人を迎えるために。

「変わらんのう。懐かしいと言うべきか変わっておけと言うべきか……」

「そうですねえお爺《じい》さん……」

魔道都市マルガードに足を踏み入れたフェアドとエルリカは、記憶にある通りの光景にある意味ほっとする。ただし、その光景はローブを着てフードを被った怪しげな集団がそこら中にいるというもので、普通とは程遠かった。

そんな光景にフェアドは若き日の思い出が刺激された。

「……そういえば大昔この街に来た時、刀身が透明な剣だと宣伝してたくせに、実は持ち手の部分だけしかない物を詐欺師に売りつけられそうになったの」

「ぶはははははは！　懐かしいなおい！　俺が止めてなきゃ買ってただろうな！」

「ありましたねえ」

「流石《さすが》は魔道都市。そんな物も売ってるのかと感動したのにあんまりじゃ。田舎から出てきた若者の純情を弄びよってからに」

皺だらけの顔を歪《ゆが》めたフェアドとは対照的に、サザキは酒瓶から口を離して爆笑し始め、エルリカは昔を振り返る。

田舎者丸出しだった青年フェアドは、マルガードの詐欺師に騙《だま》される寸前だったことがあり、都会の厳しさを教え込まれたのだ。

「欲しがった儂《わし》が言うのもあれじゃが、透明な刀身とか暗殺者が重宝するもんではないか。詐欺であったことも含めよく堂々と売っておったの」

「古き良き時代と言うべきかは悩みますね」

「ま、大戦中が色々ガバガバ過ぎたのは間違いない」

しかめっ面のままのフェアドが自分の生きた時代の大らかさに呆れると、エルリカとサザキも同意して苦笑する。

大戦中の倫理観はかなり怪しく、危険な物があちこちに溢《あふ》れていた。それに比べると現代は規制が進み、過去の危険物や犯罪は〝そこそこ〟減っていた。

「そのうち酒を外で飲んではいけませんとか言い出し始めるんだろうな。ああやだやだ」

「お前さんはそれくらいの方がいいわい」

「そんなことはないでござ」

「ふむ」

「るるううううぅぅぅ……」

サザキがフェアドと軽口を叩《たた》きながら、冗談めかした語尾を口にしようとした時だ。彼の耳に飛び込んできた僅かな声が原因で、舌が誤作動を起こしてしまった。

「ルルだって？　飲み過ぎて私の名前まで忘れちまったようだね」

人混みの向こうから現れた、背筋がまっすぐな老婆。ララが天を仰いでいる飲んだくれ亭主を見ながらニヤリと頬を上げていた。

「おおララ！　久しぶりだのう！」

「お久しぶりですね」

「相変わらず元気そうじゃないかフェアド、エルリカ」

フェアドとエルリカは皺を深めて笑みとなり、戦友ララとの久しぶりの再会を喜び合う。

だがその後ろで天を仰いだままのサザキは酒瓶に口を付けて、残りを全部飲み干そうとしているものの、瓶が空のため全く意味のない行いだ。

「おおおお久しぶりですねララさん」

「ああ、そうだね。サザキさん」

進退窮まったサザキは瞬きを繰り返しながら妻であるララと言葉を交わすが、呂律は怪しいままである。

（サザキの奴、本当にどんな手紙を送ったんだ？）

皮肉屋で飄々《ひょうひょう》としているサザキが目に見えて狼狽《うろた》えているのだから、フェアドは思わずエルリカと視線を合わせてしまう。

特にサザキ最後の弟子と言える少年カールがここにいれば、今すぐサザキの口に酒瓶を突っ込んで正気に戻そうとするだろう。

ただ、遠方にいるサザキとララの息子はよくこういった光景を目撃しており、男という生き物は外と家では姿が全く違うのかもしれない。

「店に寄ってきな。酒もある」

「いやっほう！　感謝感激！」

そんなサザキだが、ララから酒があると聞かされた途端元に戻り、弾む足取りで彼女に近づいた。

まさにいいように転がされていると言えるだろう。

「それではお言葉に甘えさせてもらおうかの」

「お邪魔しますねララ」

「ああ。ただベッドが足りないから宿屋を借りるんだね。私はこっちの亭主を借りるけれど」

フェアドとエルリカ、ララが話している横で、サザキの歩調が乱れてしまった。

「それで手紙に書いてあったけど最終的には隣の大陸に行くと」

「ひ孫の顔は見ておきませんと。ねえお爺さん」

「そうだのう婆さんや」

場所をララの店に移し大体のことを彼女に伝えたフェアドとエルリカは、ひ孫に会うのが楽しみで楽しみで仕方ないとニコニコしている。

「俺はその付き合いだな。ひっく。酒が美味い」

「ああそうかい」

（昔から妙なところで付き合いがいい奴だね）

酒を飲んで上機嫌なサザキをララはあしらいながら、若い頃から単に友達との付き合いで行動する夫に肩を竦《すく》める。

「それなら……そうだね。私も付き合うとしよう。戦友くらいには最後に会っておかないと」

「おお！　それは嬉《うれ》しい！」

「まあまあ」

最近、かつての仲間たちの絵を見て懐かしい気持ちになっていたララもまた、最後に彼らの顔を見てやるとしようかと思い、フェアド達の旅への同行を申し出た。

それにフェアドとエルリカは、ひ孫を思っての笑顔とはまた別の笑みを向けて歓迎する。

「それでは一旦宿を決めて、またお邪魔しようかの」

「ああ。店は開けておくよ」

旅の予定などで少し話が長くなると判断したフェアドとエルリカは、一旦宿泊先を確保することにした。

サザキを置いて。

「一度しか言わないけどその耳はやられてないだろうね？」

「う、うん？」

フェアドとエルリカに置いて行かれ、酒瓶に口を付けようとしたまま固まっていたサザキは、ララの言葉で再起動した。

「私もだよ」

ぽつりとしたララの言葉は意味をなしていない。

だがサザキは、フェアドとエルリカがいない状況に加え、自分が手紙に書いた最後の一文を思い出して答えを導き出す。

「あ、ああ。おう。うん」

サザキはそう返すのが精一杯だった。

「さて、買い物に行くよ。馬車に積む酒も買わないとね」

「そ、そうだな」

何事もないように立ち上がったララを追って店を出たサザキだが、活舌は怪しいままである。

「あ！　魔女の婆ちゃんだ！」

「ひっひっ。煮込んで食っちまうよ」

「ぎゃ————!?」

店を出た途端、近所の小僧に魔女の婆ちゃんと呼ばれたララは色々とノリが良く、それはそれは恐ろしい笑みを浮かべてあしらった。

「俺は酔っ払いで寝っ転がってる爺《じじい》。そっちは魔女の婆さんか。お互い歳を食ったな」

「魔女のお姉さんだったたんだがね」

「俺も酔っ払いのあんちゃんだったたな」

気を取り直したサザキが軽口を叩くと、ララもニヤリと笑いながら応える。今は皺だらけの老夫婦だが、二人にも若かりし頃が確かにあったのだ。

そんな二人は早速というべきか酒屋に足を運ぶ。

「おおっと。魔女の婆さんに我が店の救世主様じゃないか。割と久しぶりか？」

「ふむ。言われてみれば久しぶりだけど、この飲んだくれが救世主ねえ」

「何言ってんだララ。酔っ払いは酒屋の神なんだよ」

逞《たくま》しい男の店主に声をかけられたララは、確かに最近は訪れていなかったと頷《うなず》いたものの、サザキが救世主というのには異論があるらしい。

「まあいい。最近はその救世主とやらが面白いことを見つけたのか、リアナルドの街から中々戻ってこなくてね」

「そうだと思った。いるかいないかで、はっきり売り上げが違うからな」

「安酒しか買わんからそんな違いが。と言いたいところだけれど」

「その安い酒の瓶が山みたいになるなら話は変わるからな」

「だっはっはっはっはっ！」

酒屋の店主と他愛のない会話を交わすララの横で、サザキはなにも言い返さず爆笑する。

「そういやあんたは酒を飲まないのか？」

「少しは飲むがね。でもこの男と七十年以上連れ添ったらどうなるかくらい分かるだろう？」

「ああ……確かに見てるだけで酒はもういいって思いそうだ」

「その通り」

「はいこれ。えーっと、全部で……」

店主はいつも通りの酒を見繕いながら、興味本位でララは酒を飲むかと尋ねた。しかし、ララだけではなくかつての仲間全員が、常時酒を飲んでいるサザキのせいで酒と距離を置いていた。

「またよろしく」

「いや、街を出ることにしてね」

「そりゃまた急に。なんでだい？」

「新婚旅行さ」

「ごほっ!?」

「それじゃあね」

「あ、ああ」

またの来店をお願いされたララは、魔女に相応しい笑みを浮かべて隣のサザキをむせさせ店を後にした。

「魔女の婆さんと爺さんか。爺さんの方は久しぶりだな。野菜買ってくか？」

「ああ、そうするよ」

ララが街を歩けば、今度は野菜売りに魔女の婆さんと声を掛けられた。

彼女は街で魔法を使ったことが殆《ほとん》どないのに、神秘的な左右の色違いの目と皮肉気な笑みを浮かべることが多いため、いかにも魔女の婆さんであると思われそう呼ばれているのだ。

「風の噂《うわさ》で病気に強い野菜を作ってるとか聞いたけど、そういうのも魔法使いの仕事なのかい？」

「さてね。魔法使いだけじゃなく、錬金術、薬師、物好きやらが色々関わってるんだろうさ」

「なるほどなあ」

気軽に雑談をしている通り、ララは何十年も街に住んでいる上に意外と気さくなので、遠慮をしている人間は少なかった。

ララの力の強さを知らないこともあるが。

一方、フェアドとエリルカも街をうろついていた。

「宿はどこにしようかのう婆さんや」

「そうですねえお爺さん」

フェアドとエルリカは、街をよちよち歩きながら困ったように辺りを見渡す。老いも若きもローブを着てフードを被っているような街のせいで、どこの宿も妙に怪しい取引所に見えて仕方なく、さてどうしたものかと悩んでいた。

その時、フェアドとエルリカの向かいから巨漢がやってきていた。

並みの男が大きく見上げるほどの背丈に緑色の肌。でっぷりと突き出ている腹に少し弛《たる》んだ皮膚のせいで肥満に見えるが、実は高密度な筋肉の塊。それがこの世界においてオークと呼ばれる種の共通事項だ。

そんな横にも縦にも大きい巨漢オークの額をフェアドはじっと見て記憶を掘り返し疑問を覚える。

「〝炎の渦〟氏族がここに？」

思わず声を漏らしたフェアドの記憶が正しければ、オークの額にある赤色の縦三本線は武闘派である炎の渦と呼ばれるオーク氏族のマークであった。しかし炎の渦はもっと南方で集落を構えており、まずこの近辺では見かけない筈《はず》だ。

実際このオークは氏族から離れて生きている旅人のようなもので、近辺に同氏族はいなかった。

「ご老人、我が氏族を知っているのか？」

オークが低く唸《うな》るような声を発する。威嚇している訳ではなく種族的に殆どの者が迫力のある声なのだ。

「うむ。大戦中に赤き湖の戦いに参加していての。そこでオーク連合と轡《くつわ》を並べた際に、炎の渦とも知己を得た。当時の氏族長、グガン殿の勇猛さは目に焼き付いておる」

「なんと。その老体から察するに大戦の戦帰りではあると思ったが、赤き湖の戦いにも参加されていたか」

フェアドの説明を聞いたオークの目に、はっきりとした敬意の光が宿った。

オークとは祖霊、先祖、親、子、氏族に恥じない戦いを求める存在であり、名誉を重んじる戦闘種族である。

そんなオークの聖地にして、彼らの身体能力を強化する戦化粧の原料が採取できる名前通りの赤き湖は、戦略物資の拠点として扱われた。

だからこそかつての大戦中、魔の軍勢は赤き湖に攻撃を仕掛けた。その結果、聖地死守のために世界中から結集したオークと生き足掻《あが》く生ある者達、勇者パーティーの連合軍が相対し、死闘が繰り広げられることとなった。

余談になるがオークにとって人間は全く種が異なるため、異性としての対象にならない。そのため人間の戦闘集団に紛れても男女トラブルが起こらず、集団粉砕的な件で痛い目を見たことがある者達は、オークの戦闘力と価値観から信頼を寄せることが多い。

話を戻すが総じて言えるのは、この世界においてオークとは非常に頼りになる者達なのだ。

「そちらのご婦人も?」

「ええ。従軍していました」

「不躾《ぶしつけ》だがよければ握手していただきたい」

「儂なんぞでよければ喜んで」

「はい」

エルリカも赤き湖の戦いに参加していたことを知ったオークは、手を差し出して握手を求めると、順番に二人の皺だらけの手をそっと握った。

このオークも大戦の当事者ではないが、名誉を重んじるオーク種族にとって聖地を死守した戦いは、子孫にずっと教え込んでいる出来事だ。それを聞いて育った彼は当事者に握手を求めたのだ。

「それでは失礼する」

握手をされたオークは戦士として堂々と去る。

かつての大戦が終結して七十年近く。世代を複数跨《また》ぐ年数だが、戦いに身を投じた者が完全に人々の記憶から消え去るには短い。

そして戦争の爪痕が大きければ大きいほど、それを打ち破った勇者パーティーの功績は途方もなく偉大なことだと意味していた。

「昔を思い出しましたか？」

「うん？　うん。そうだの。懐かしい場所の名を聞いて、随分昔のことを思い出した」

「そうですねえ。私も赤き湖という地名を久しぶりに聞きました」

エルリカの呼びかけに、少しぼうっと昔を思い出していたフェアドが我に返る。

それは七十年前という大昔。まだ皮膚に皺もシミもなく、ただひたすらに駆け続けた若き日々。

戦って戦って戦い続け、生を勝ち取った青春の時代だった。

しかし、当時はなにもかもが血腥《ちなまぐさ》すぎるため、思い出話には向いておらず口にすることは少なかった。

「もう当時のオークも殆ど残っておらんだろうなあ」

「ええ。オークの寿命は人間とそれほど変わらないようですから」

フェアドが僅かに寂寥《せきりょう》を漂わせる。彼とオークはそれほど深い関係ではないが、戦友が殆ど残っていないことは単純に寂しいのだ。

「ふむ。この宿にしようかの」

「そうしましょうか」

フェアドは寂しさを振り払いながら宿屋を決めたが、ここもまたフードを被った人間が出入りしており非常に怪しかった。

「お邪魔しますぞ」

「お邪魔します」

「はいいらっしゃい」

(よかった。従業員はフード姿じゃないし、邪教の館でもない)

宿屋に足を踏み入れた老夫婦は、従業員が普通の服を着ていたことと、普通の内装であることに安堵《あんど》した。

「お客さん、この街は初めてかい？　流石に宿屋の親父はフード姿じゃありませんぜ」

「ほっほっほっ」

「ほほほ」

ごく普通の中年男性である宿屋の店主は、宿泊客が自分の見た目を注視することが慣れっこのようで、ニヤリと笑いながら手を広げる。これにはフェアドとエルリカも苦笑するしかない。

「名前の方をお願いします」

「ほいほい」

促されたフェアドとエルリカは本名を記載する。

「はいありがとうございます」

それを店主は注視しない。

元々フェアドとエルリカという名前はありきたりな物で、しかも戦後七十年が経過した現在、よぼよぼな老夫婦を伝説の人物と結びつけるのは不可能だ。

戦後の人間がイメージする勇者は、たとえ年老いたとしても筋骨隆々で獅子《しし》のような髪を持ち、鷹《たか》の如き鋭い目を持っている偉人である。

一方実際の勇者は背が縮んで小柄になり、顔の皺と目尻で笑みを形作っているご老体である。これではイメージの乖離《かいり》が甚だしい。

(食事に硬いもんは避けた方がいいな)

しかも店主から歯の心配までされる始末だ。

老いとは残酷である。若い時は一度も心配されたことがなかったとしても、老いたならば弱っている前提で考えられることになる。

「ほっほっ。なんと言うか、少し申し訳ない気持ちになるの。まだまだ元気なんじゃが」

「ほほほほ。私もです」

宿泊する部屋に足を踏み入れたフェアドが苦笑すると、エルリカが口に手を当てて上品に笑う。

フェアドはどうも歯の心配をされているぞと気が付いただけではなく、馬車から乗り降りした時にこの爺さん婆さん大丈夫かと視線を向けられていたことにも気が付いていた。

「若い時は心配する側でしたが、いつかはされる側になるんですね。気が付きませんでした」

「ほっほっほっほっ。確かに若い時は想像したことがなかったわい」

誰もが老人となり、心配される側になる。至極当たり前のことに気が付いたエルリカがしみじみと呟き、フェアドも同意して頷く。

本来なら成人した子が老いた父母を心配し始めて、自覚が芽生えるのだろう。だがフェアドもエルリカも体調を崩したことがなく、彼らの子も両親は超人だと知っていたし、年寄り扱いしたら怒られるからと余計な気を遣わなかった。

「ただ」

「ただ？」

一旦区切ったエルリカの言葉をフェアドが繰り返す。

「フェアドは昔から変わらず、優しくてやんちゃな人ですよ」

「エルリカも優しくておてんばなままじゃな」

「まあ。おてんばなんて歳じゃありませんよ」

「それなら儂もやんちゃは卒業しとるの」

「ほほほほほ」

「ほっほっほっ」

時代、老いと共に変わるものもある。

「それではララのところに行くとするかの」

「ええ」

だが、変わらないものも確かにあるようだ。

「またお邪魔させてもらうぞい」

「はいよ」

(うん?)

宿を確保したフェアドとエルリカは、再びララの書店を訪れると即座に大異変に気が付いた。

(サザキが……)

(酒瓶を持っていない……)

奥にいたサザキが酒瓶を握りしめていないのだから、これ以上ない大異変としか言いようがない。

ここにサザキの弟子達がいたら、ついに今日師匠が天に召されるのかと覚悟するか、無理矢理口に酒瓶を突っ込んで正気に戻そうとするだろう。

尤も大戦中でも酒瓶を手放さず素面《しらふ》の時はないと断言された男だが、実は幾つかの条件下で酒瓶を持たないことを勇者パーティーのメンバーは知っている。

そのうちの一つ目。サザキの家か寝床に幼児がいるときだ。彼は自分の子供が幼いときは家で酒瓶を持たず、酒を飲むときは外で飲んでいた。

二つ目。大戦中の最後期においてサザキは酒瓶を持つ暇もなく戦い続けていた。

そして三つ目。

照れている時だ。

何十年も前にララと結ばれた直後、一時の間だがサザキは酒ではなく水を飲んでいる姿が目撃されており、パーティーメンバーはお互いの頬を抓《つね》り合ったことがある。

つまりそこから導き出される答えは決まっている。

「なんだよ」

「なにも言っておらんだろうが。のう婆さんや」

「そうですねえお爺さん」

サザキはしわくちゃ夫婦からの温かい視線に気が付いたのか、あっちを向いてろと言わんばかりに手を振る。

「街中でオークに会ったぞい。三十歳くらいの炎の渦氏族の出身だった」

「ああ。この辺じゃあ珍しいから私も覚えがある。見聞を広めるために魔道都市に来たとかなんとか」

「お！　炎の渦氏族か！　赤き湖の戦いの後でオークの地酒を分けてもらったがあれは美味かった！」

フェアドは照れているサザキを一旦置いておいて、ララに街で出会ったオークのことを話す。するとサザキが元の酒馬鹿となり、当時飲んだ酒の味を思い返した。

エルリカも思い返していたが、それは酒ではなく当時の炎の渦氏族族長のことだ。

「初対面で聞くには不躾かと思いオークの方に聞けませんでしたが、族長のグガン殿は戦後にどのような最期を迎えられたか知っていますか？」

「炎の渦氏族の本拠地は遠いからな……まあ、流石に氏族長が闇討ちなんだのされたら耳に入るはずだ。ララは知ってるか？」

「又聞きの又聞き程度だけど、一族に囲まれて大往生らしいね」

「なんだ。記憶が確かなら、ドラゴンに飲み込まれた後に、中から心臓を食い破って死ぬことが理想だとか言ってた気がするぞ」

エルリカの問いに、サザキとララが記憶をひっくり返す。

勇者パーティーと若干の繋《つな》がりがある、大戦時の炎の渦氏族族長は、一族の長《おさ》だけあってそこそこの高齢だった。そのため既に故人だが、どうやら理想とはほど遠い死に様だったらしい。

「あの族長、多分酒に弱かったんだよな」

「なぬ？　あの豪傑が？」

「んだ。飲みに誘ったことがあるが妙に焦ってた」

「さてエルリカ。男共を台所に入れるとろくなことにならないから手伝ってくれ」

「分かりました」

「砂糖と塩だけは気を付けるんだよ」

「もうララまで。七十年前の話は止めてくださいよ」

男達が昔話に花を咲かせている横で、ララとエルリカが立ち上がり台所へ向かう。

「いやいやララ。儂も手伝うとも」

「この小さい家の台所で三人も立てないよ。包丁が必要なら呼ぶけどね」

「おっと。それならパーティーの包丁ことサザキさんの出番だな」

立ち上がろうとしたフェアドを留めたララの言葉に、サザキが冗談めかして軽口を叩く。だがこれは本当のことで、旅をしていた勇者パーティーが食事を準備する際、包丁を握っていたのはいつもサザキだった。

余談だが寒村生まれのフェアドとサザキは悪食で、完全に腐ってなければ大丈夫だろうの精神を宿している。例外はそれこそ砂糖と塩を間違えたようなものだけだ。

一方若いときのエルリカとララは、味は二の次三の次で、単に栄養価と手早く食べられることを重視していた。つまりかつての勇者パーティーの多くは食事に対する拘《こだわ》りがなく、作る側にとって張り合いがない連中だった。肉体を誇示するための偏食はいたが。

エルリカとララが厨房《ちゅうぼう》へ向かうと、フェアドがサザキに向き直って親友との会話に興じる。

「相変わらずどんな酒でも飲んでいるようだの」

「あったりめえよ。酒精があれば酒は酒だ。そこに貴賤《きせん》はねえ。あ、ド素人の錬金術師が思い付きで作ったのは違うぞ。ありゃ酒職人の皆様への冒瀆《ぼうとく》ってやつだ」

力説するサザキは基本的に酒なら何でも大歓迎のスタンスで、安い酒も高い酒も等しくありがたいものだと認識している。なおサザキの頭の中にある身分階級の高さは、上から酒職人、神、王くらいの認識だ。

「あらこれは」

「うん？」

一方、台所へ向かっていたエルリカも高さに関係するものを見つけた。それは柱に刻まれた幾つもの線で上にいくほど新しいものになる。

「ああ。息子の背丈さ」

「ほほほほほ。うちにもありますよ」

「どこの家も変わらんようだね」

「ほほほほほ」

それはサザキとララの息子の成長記録と呼べるもので、エルリカとフェアドの家にも存在していた。

世界を救った者たちとは思えぬ他愛のない会話だ。

しかし、友人と話ができる。それだけでも尊かった時代の生まれであり、それを勝ち取ったからこそ存在する平穏だった。

ララとエルリカが夕食を作るため、台所で作業しながら談笑を続ける。

「ゴーレム馬車に乗ってきたのかい。徒歩じゃいつ終わるか分からないからそれが正解だね」

「お弟子さんたちの作品ですか？」

「いや、あちこち動き回ってるから、流通や製造なんかで間接的には関わってたみたいだけど、設計はしてないみたいだね。若いうちから苦労を買ってるなら、もう言うことはないさ」

話題はこの魔道都市で作成されたゴーレム馬車のことだ。エルリカはゴーレム馬車が、ララの弟子の作品ではないかと考えた。しかしララの弟子達は独り立ちした途端、世界中を飛び回って様々な案件に関わっているため、腰を落ち着けて何かを設計するという時間がなかった。

「それにしても、魔法で調理するのは止めたんですね」

「若い時のように効率だけじゃ味気ないのさ」

エルリカにとってララが包丁を手に料理している姿は新鮮だった。七十年前ほどのララは料理器具を魔法で浮かせ、それらを駆使して料理の時間を短縮していたのだ。しかし、人間の感性が年齢を重ねるに従い変わるのは、深淵《しんえん》位階にいるララとて例外ではない。

ララは態々《わざわざ》説明しなかったが、直接料理するようになったのは、サザキと子供への食事を作ったのが単に浮いた調理器具では素っ気なさ過ぎると考えたからである。

「それに、そっちこそ食事は単なる栄養補給でしかないと言ってた割には、きちんと作ってるじゃないか」

「まあちょっと、世間知らずでしたので」

尤も変化があったのは言い出したエルリカも同じのようだ。

戦士であり超人でもある女達だが、子供ができたことで感性が変わったのだろう。

そして食事の準備も終わり食卓を囲むフェアド、エルリカ、サザキ、ララ。

だが世界を救った者達の食卓なのに珍しいものはなく、精々が魔法によって鮮度が保たれた川魚程度で、あとは単なるパンや野菜、スープだ。王侯貴族が食するような肉やワインなどはどこにもなかった。

「四人で食事はいつぶりかのう」

「お前んとこに子供が生まれて、全員が久しぶりに集合して以来じゃないか？」

フェアドはパンをスープに浸してちびりちびりと食べ、サザキは魚を綺麗《きれい》に平らげる。

「あのやんちゃ坊主が隣の大陸に飛び出したのもついこの前みたいに思えるけど、今じゃ子供どころか孫までいるのか。つまりエルリカひいお婆ちゃんとフェアドひいお爺ちゃんという訳だ」

「ほほほほほほほほ。いつの間にかひいお婆ちゃんになっていました」

サラダを食べながらニヤリと笑うララに、水の入ったグラスを置いたエルリカが上品に笑う。

ララの言う通りフェアドとエルリカの子供は中々のやんちゃと言うべきか、青年時代に冒険だと宣言してあまり交流のない隣の大陸に乗り込み、そこで一旗揚げた人物だ。

「子は親に似るってやつだ」

ニヤニヤ笑うサザキの在りし日の記憶、暗黒の時代をどうにかしてやると宣言した馬鹿な若造と、その後に生まれ冒険だと突き進んだ若造はそっくりだった。

「人の子供のことは言えんだろうが」

「だっはっはっはっ！」

「ふん。青二才さ」

フェアドが似ているのはうちの子供だけではないとする、大笑いしているサザキと鼻で笑うララの子供は、両親の遺伝か剣術と魔法を高度に兼ね備《そな》えた最高位の戦士だ。

通常は剣術も魔法も、どちらか片方だけでも極めるのに人生を費やす必要があり、その両方を高度に習得しているのは尋常なことではない。

そしてこのように、ジジババの話題が子供のことになるのはある意味世界の定めなのだろう。滅びの運命を切り裂いた勇者パーティーもその定めからは逃れられないらしい。巻き込まれた子供達はたまったものではないが。

「ああそうだ。弟子が送ってきたゴーレム馬車を弄っててね。それを使った方が色々と融通が利くよ」

「おお。それならお言葉に甘えさせてもらおう」

「弄ったって……まさか隣の大陸まですっ飛んでいくような奴じゃないよな？」

「暇つぶしに足回りと細かいところを弄っただけさ」

ララは自分の私物に改良したゴーレム馬車があることを思い出し、それを使って旅をしようと提案した。これに感謝したフェアドだが、サザキは妻と私的な時間を多く過ごしているからこそ心配になる。

実際ララもその心配を受ける理由の自覚はあるようで、サザキをあしらわず事実を説明した。

「それで次は誰に会いに行くんだい？」

「シュタインだの」

「ああ……なるほどね」

ララがフェアドに今後の予定を聞くと、なんとも言えない表情となって天を仰いだ。

シュタインという名の人物に、大きな問題があることがその反応で分かる。

尤も勇者パーティー全員が問題児だったが……シュタインは常時問題を体に張り付けているといってよかった。

「さて、それじゃあ周りへの挨拶やら準備やらをしようかね。何事もなければだけど」

気を取り直したララは最後に余計な一言を口にしたのかもしれない。

この次の日に騒動が起こったのだ。


ところ変わって魔法評議会に向かったはずのアルドリックが岩だらけの渓谷にいた。それだけでも異常事態だ。

「いくぞ」

アルドリックは街中で見せるものとは全く違う、鋭い目を五人の部下達に向ける。

しかしその五人は奇妙だ。全員がローブのフードをすっぽり被り、その上幾何学的な紋様が描かれた、もしくは動物を象った仮面で顔を完全に隠している。

彼らは世界の秩序を魔法の面から支える魔法評議会が所持している実働部隊で、今回は急に予定を変更して合流した評議員のアルドリックが責任者として率いていた。

この一団は魔法評議会が追っていた邪教徒の類の所在を摑《つか》んだことで急遽《きゅうきょ》派遣されており、アルドリック以外の全員が漸進層の魔法使いという精鋭だ。

そして魔法で自身を強化した一団は、素晴らしい速度で渓谷を突っ切るように移動する。

(面倒ごとにならなければいいが)

達人と言っていい魔法使いであるアルドリックが、精鋭五人も引き連れているのだから、対処できない事態の方が少ない。それなのにアルドリックは、どうか面倒なことになりませんようにと願う。

その願いは叶《かな》わなかった。

(なにをしたらこうなる!)

渓谷を突っ切った先にある祭壇のようなものを見つけたアルドリックは内心で悪態を吐く。

血まみれの祭壇はこの際いい。問題だったのはその周りにいる、蟻《あり》と人間を掛け合わしたような五体の存在だ。

顔半分が人間の男でもう半分が蟻。体もまた半分が人間で、もう半分が蟻の蟻人間としか形容ができない。

そして歪んだ顔は確かにアルドリック達が追っていた邪教徒、つまり確かに人間だった存在だ。

「キイイイイイイイ!」

その不揃《ふぞろ》いの蟻人間達も、急接近してきたアルドリックに気が付くと、耳障りな声を発して威嚇する。

しかも蟻と人間の入り混じった指が光ると、突然炎が物質世界に現れた。

(魔法攻撃!? 元の能力が残っているのか!)

アルドリックは、蟻人間が元人間だったと判断していたが、明らかにもう理性など何も残っていない存在が指を光らせて、攻撃魔法を行使してくるのは少々予想外だった。

しかし、蟻が光らせた指の数は三指。威力も単に、人を消し炭にすることができる程度の炎だ。

〝焼却〟の名を冠する大魔法使いを相手にするには力不足である。

アルドリックの右指全てが光り輝き、複雑な紋様が浮かび上がる。

彼の二つ名はその意味の通りだ。

「炎よ！」

焼却するのだ。蟻人間の魔法を。蟻人間そのものを。全てを。

荒れ果てた渓谷に、小さな小さな、真っ赤な真っ赤な太陽が燃え上がった。

繰り返し述べるが、深層位の魔法使いは超深層という例外中の例外を除き、現実的な頂点に位置する。

そんな男が必殺の意思を込めて行使する炎の魔法に抗える者など極僅かでしかない。

少なくとも蟻人間はその極僅かに分類されなかった。

「っ⁉」

蟻人間と彼らが放った攻撃魔法は現実にはあり得ない、ほぼ完全な球形の炎に閉じ込められると、断末魔の叫びを漏らすことすらできず完全に焼却されてしまう。

後に残ったのは何もない。

魔道議会評議員、焼却、炎の大魔法使い、最も超深層に近き者アルドリックに、部下である者達は顔を隠したまま畏敬の視線を送る。

熟達した彼らですら、アルドリックがいるならあくまで念のための保険と雑用係のようなものなのだ。

「ちっ」

だがそんなアルドリックが、祭壇に安置されている赤い鎖で雁字搦《がんじがら》めにされている本を見た途端、顔を顰《しか》めながら舌打ちまでするではないか。

「資料で見たことがあるぞ。大戦中に作られた、戦略級の悪魔を閉じ込めている魔本だ」

心底嫌そうな顔をしたアルドリックは、鎖で封じられている本がどのようなものかを知っていた。

対処できるかは恐らく半々の確率程度という厄介さであることも。

「どうします？　見たところ不安定で、動かすのは危険かと思いますが」

「少し待て……」

部下とアルドリックの見立ては同じだ。

何かしらの儀式に用いられていたであろう本は不安定な状況であり、不用意に動かすとどうなるか分からない。

「魔法で評議会に報告した後……近くにいる師匠に頼んでみる」

だからアルドリックは、どうなろうと問答無用で消し飛ばせる人物に助力を乞うことにし、部下達は緊張で身を強張らせた。

「突然申し訳ありません師匠。アルドリックです」

限られた魔法使いの達人同士だけが行える、遠方の相手に言葉を送る魔法を用いたアルドリックは師の言葉を待つ。

『なんだい？』

端的な言葉の声はララのものだった。

夫婦は似ると言うべきか、サザキに多数の弟子がいるように、ララも幾人かの弟子がいる。アルドリックはそのうちの一人であり、弟子達の中では上位に位置していた。

『魔法評議会に出席するため出かけて、態々私に話を持ってくることは面倒事だね？』

「はい」

ララは弟子のアルドリックが、つい最近に世界中の高位魔法使いが集結して、魔法に関することを話し合う会議に出席していたことを知っている。その直後にアルドリックから連絡が来たのだから、面倒事だと察していた。

「実は、〝悪技〟のグレースの作品と思わしき魔本。恐らく戦略級の悪魔を封じているものを見つけたのですが、邪教徒が弄ったようでして不安定になっています」

『あの馬鹿のか……』

ララは久しぶりに聞いた名に顔を顰めた。

〝悪技〟のグレースはララと同年代で、かつての大戦中に魔法技術者と名を馳《は》せていたものの凄まじい悪癖があった。威力や破壊力を第一に考えて、制御や安全性と言ったものを殆ど考慮しなかったのだ。そのせいでグレースの作品は使い方によっては役に立つものの、取り扱いを間違えば自分が破滅するような物しかない。

その本も同じだ。深層位の魔法使いに匹敵するほどの悪魔を本に閉じ込め、戦略的な兵器として運用しようとしたはいいが、そもそも悪魔は人類を殺したくて殺したくて仕方ない存在だ。当たり前の話だが、全く制御ができなかったため封印処置が施されていた。そんなものが発見されたのだから、アルドリックは頭を痛めていたのだ。

『しかし、邪教徒が弄ってただって？』

「はい。評議会が追っていた連中なのですが、祭壇に施されている術を解析してみると、どうも魔本に封じられている悪魔から力を抜き取ろうと企てたようです。ただ、制御に失敗したらしく蟻と人間が混じった異形になり果てていましたので処理しました」

『相も変わらず邪神の類を信奉する連中は先のことを考えないね』

皮肉気に頬を歪めたララの言う通りだ。

世界に害悪を齎《もたら》そうと蠢《うごめ》いている悪神の類を利用、もしくは信奉している者達はその破滅の力と強く関わるが故に長期的な視野ではなく目先の事に飛びつくことしかできなくなっており、時としてとんでもない凶行に及んでしまう。

『はあ、仕方ない。グレースの置き土産なら、同じ世代が始末をするとしよう。飛行魔法を使うから場所を教えな。ああ、一応言っておくけど連れは重すぎるから私一人だからね』

「お願いします」

ララは面倒だとぼやきながらも、大戦中の遺物はその世代の自分が始末をつけると宣言した。

「来ていただけることになった」

「おお……」

師との会話を終えたアルドリックが部下達にそう報告するとざわめきが起きる。

ララは勇者パーティーでは珍しく、幾つかの公的な立場を兼任しているが、魔法評議会でも永久に席が用意されている。そのため魔法評議会直轄の実働部隊は、ララとアルドリックの師弟関係も知っており、伝説の人物がやってくるのかと興奮していた。

「飛行魔法を使うと仰っていたから、評議会の増援が来るより師匠の方が早い」

「なんと、飛行魔法とは……」

アルドリックが続けた言葉に部下達が慄《おのの》く。

単に少し浮く程度ならともかく空へ飛び上がる魔法は非常に制御が難しい。アルドリックですら隣街へ飛行して行くことができないのだから、殆どの人類に扱えない魔法と思われているほどだ。

これは命ある者達が不用意に神の領域に立ち入らないよう、神々が飛行魔法を制限する理《ことわり》を敷いているとか、単に制御が難しく消費する魔力が大きいだけであるなど、意見の統一はされていなかった。

「リン王国にも報告をした。本を動かせない以上、師匠か評議会の援軍が到着するまでに、本の封印が破られないことを祈るしかない」

そんな飛行魔法を使ってこの上ない助っ人が来ていたが、アルドリック達に懸念があるとすれば様々な封印魔法を施して対処している魔本の中身が、彼らの術をぶち破って現れかねないことだ。

そしてやはり彼の願いは叶わない。

「これは……破れるな。超深層の使い手や師匠なら本ごと破壊できただろうが……」

それから暫く。

アルドリックの前で、あらゆる封印の魔法を重ね掛けしていた魔本の中身が、ゆっくりとだがその封印を突き破っていた。

「一旦は監視に留め、人里に向かうようなら対処する」

覚悟を決めたアルドリックは、本から距離を取ってその時を待つ。

バキリ。ビギリと何かが割れる音が辺りに響くと、本が千切れて空に舞う。

『ギイイイイイイイイイイイイイイイイイイイイイイイイイイイイイイ！』

そして現れた。

耳ざわりな叫びと共に現れたるは城塞、いや、山と見間違ってしまいそうになるほど巨大な漆黒の蟻。顎《あぎと》は山をも切断し、巨体を用いて突撃するだけで軍が壊滅して城塞が陥落するだろう。

『ギイイイイイイイイ！』

「やはりじっとしてはくれんか。幸い人里から遠いとはいえ、移動し続けたなら危険だ。私が気を引き続ける」

「はい」

巨大蟻が出鱈目《でたらめ》に動き出したことに危機感を抱いたアルドリックは、蟻をこの地に留めることを決心した。

「ほ！　の！　お！　よ！」

一言一言に渾身《こんしん》の力を込めたアルドリックの右指が全て赤熱化したように真っ赤に染まり、この世に地獄の炎を生み出す。

その炎と言ったら。規模はそれほどではなく、人間一人を包み込める程度でしかない。だが魔法によって生み出され物理法則を無視した炎は、周囲にその熱を発していないくせに岩すら溶かしてしまうだろう。

『ギイ⁉』

巨大蟻は碌《ろく》な知能もないのに、その炎が脅威だと感じて装甲を更に硬質化する。

そして炎が巨大蟻に直撃。

だが健在、どころか僅かに焦げたような跡が残るのみ。

「長くなりそうだ」

『ギイイイイイイイイイイイイイ！』

アルドリックは深層位階の魔法攻撃を受けていながら、元気よく怒りの叫びを上げる巨大蟻を冷静に観察する。

（熱への耐性。というより単に装甲が丈夫すぎるだけか？　次は質量だな）

輝き続ける指を動かしたアルドリックは、巨大蟻の出現と同時に周辺の岩を一塊にして集めると、魔法でも岩石を生み出して加える。

「おお！」

アルドリックは山のような巨大蟻の頭部ほどになった岩の塊を魔法で打ち出し、単純な質量攻撃への耐性を見ることにした。

『ギイイイイイイイイイイイイイ！』

だがやはり巨大蟻は、断末魔ではなく怒りの叫びを上げるだけ。

英雄英傑が揃う時代においてすら戦略級の兵器であると分類されていたのがこの悪魔だ。

そして特殊な能力も持っていないが、巨体による質量と異常なまでに頑強な装甲を併せ持つ、基礎スペックの怪物なのである。

「蟻んこがうるさいね」

「師匠⁉」

つまり……驚異的な速度でやってきたララにとって単なる蟻でしかない。

なにが戦略級悪魔。ララが、サザキが、エルリカが、そしてフェアドが相手にしたのはたかがその程度の存在ではない。彼らは文字通り世界を滅ぼしかけた相手を真正面から打ち破ったのだ。

「消えな」

魔女ララが魔力を起動する。

その至りし世界。

前人未踏にして、全知未到である筈の位階。

輝く指。

一つ輪、海岸

二つ輪、表層
三つ輪、中層
四つ輪、漸進層
五つ輪、深層
そして利き腕とは逆の指で輝く六つ輪で歴史上の伝説達、超深層。

全てが児戯極まる。

超深層が歴史上数人の伝説？　その程度で理を打ち砕いた暗黒と相対できるものか。

では必要だったのは七指の輝き？　それとも八指？

否。

蟻は見た。見てしまった。

ララの輝く手の指。

言葉通り。

指全て。

十指の輝き。

超深層やそれを単に超えたどころの話ではない。分類不可能。

敢えて言うならば海の深さを超えてしまった深淵。深淵層。深淵位階。

史上《至上》最高最強の魔法使いララが僅かに指を曲げた。

それだけで蟻の頭上で十の輝く輪が重なり合い、複雑怪奇な紋様を空中に放出しながら、その中心点を標的へ向け……光の柱が聳《そび》え立った。

音、消去。

振動、消去。

蟻の存在、完全消去。

「ふん」

これこそが魔道の深淵に潜り続けた結果、理を打ち砕き世界を闇に染めた大魔神王をして、ただ単に異常者と評した勇者パーティー最高火力。

〝消却〟の魔女ララであった。

それから数日後。

アルドリックは師からの預かり物を返すため、やはりフードを被った姿でララの書店を訪れていた。

（このゴーレム、爆発したりしませんよね師匠……）

おっかなびっくりといった様子で、ララから預かっていたゴーレム馬車から腰が引けており、彼が師をどう思っているかの一端が窺《うかが》える。

尤も見た目は通常のゴーレム馬と変わらず、一見すると危険物には見えない。しかし、魔道の深淵に位置するララは時折常識が怪しく、弟子達は師をよく理解しているためこのような反応になるのだ。それはアルドリックが七十歳になっても変わらない。

「すまんね」

「いえ、滅相もありません」

書店から出てきたララに、背筋を伸ばしたアルドリックが応える。

相手がどんな高名な魔法使いだろうと、魔法評議会の議長だろうといつも通りのアルドリックだが、この皺だらけの老婆は例外なのである。

「サイン用の色紙は諦めたみたいだね」

「サイン用の……色紙ですか?」

「ひっひっ。私でいいなら書いてやってもいいよ」

「はははははは。なんのことか分かりませんなあ」

流石は年老いた大魔法使いにして賢者アルドリック。

ララからサイン用の色紙について聞かれても、特に反応らしい反応は見せなかった。

外見では。

(悩んでたのバレてる……)

この年老いた大魔法使いにして賢者から、勇者のファンと化しているアルドリックは、昨晩ずっとサイン用の色紙を持っていくかどうかを悩み続け、泣く泣く断念していた。

「一応……そう、一応お尋ねするのですが、他にサインを持っている方はいますかね?」

「さーて。あんたが初めてかもしれないよ?」

いや、なんなら今もサイン色紙を持ってきたいという欲が強まっているかもしれない。現にアルドリックの足が僅かに後ろに動いている。

「それで、邪教徒達のことは？」

「目的が人を超えることだということははっきりしているのですが、本の入手経路が判明していません。サザキ様が倒された魔剣使いとの繋がりも調査中です」

真面目な話に移ったララに、アルドリックも顔を引き締める。

巨大蟻を封じ込めていたものの千切れてしまった魔本をララ達が解析したところ、力を取り出そうとした者の数が確かに五人だったということまでは確認されている。だが、本の入手経路がはっきりしない。

そこでララは一つの仮説を思いつく。

「まさかとは思うがあの大馬鹿のグレース、死んだと思ってたけれど生きてるんじゃないだろうね」

「可能性はゼロではないかと……」

元の持ち主が関わっているのではないか、と。

「まあ、解決するだろう。私も含め全員がそういう宿命みたいなもんだ」

「なるほど……」

気軽なララの言葉をアルドリックは否定できなかった。

勇者パーティーが運命や宿命の中心と表現できるのは、彼らを知る誰もが認めるだろう。

なにもしなくても勝手に騒動の方から飛び込んできて、気が付けばそれを解決するのは定めに近いのだ。ましてや最も運命に近いどころか、勇者という運命の理そのものがいるなら尚更である。

「おお。あれがララの言っていたゴーレム馬か。外見は変わらんのう。外見は……」

「そうですねえお爺さん」

アルドリックは背後から聞こえた声を認識すると、ピンと背が伸びて両手は体にくっつき、ララはニヤニヤ笑いながら弟子を見ている。

「ララが言っていた荷物を預けていたお弟子さん……一度、そう。六十年だったか五十年前だったか……うちに来たことがありませんかな？」

「は、はい。師に連れられて一度お会いしたことが……」

「ほっほっ。それはそれは。では改めて。フェアドですじゃ」

「エルリカです」

「ア、アルドリックと申します」

ララの弟子で妙にキラキラとした目を向けてくる少年を覚えていたフェアドは、目の前の老人と面識があることに気が付いて、改めて自己紹介をした。

一方、覚えられていたアルドリックの感情にメーターが存在するなら容易く突き抜けていたことだろう。

「アルの声のほかに、フェアドとエルリカの声がしたな。ようアル、久しぶりだな。態々すまん」

「ご無沙汰しております。滅相もございません」

（あわ、あわわわわわわわ）

最後に書店から出てきたサザキを前にして、ついにアルドリックの感情は決壊した。それでも受け答えはちゃんとできているあたり、これが正気の淵《ふち》に挑む魔法使いの必須スキルなのだろう。

「それじゃあ私も改めて言うとしよう。いつ帰ってくるか分からないけど、手に負えないことがあったら相談くらい乗ってやるよ。その時はまた魔法でメッセージを飛ばしな」

「はい。道中の天気がいいことを願っております」

「ふっ。分かってるじゃないか」

夫婦は似るというが、夫婦の弟子も似るのか。アルドリックはサザキの弟子であるクローヴィスと同じ言葉で、師の道中の幸運を祈った。

「それじゃあ行くとしようかね。爆発はしないから乗りな」

「ではお言葉に甘えて」

ララの促しで馬車に乗り込む元勇者達。それはまさに在りし日と同じ光景であった。

「行ってらっしゃいませ」

様々な薬品や魔法の道具が運び込まれる街であるため広い道を馬車がゆっくりと進む。

（ぐすん……勇気を持ってサイン色紙を持ってくるべきだった……）

勇気ある者にサインをねだる勇気を持ち合わせていなかったアルドリックは、七十にもなって子供のようなことを思いながら、去っていくジジババ達を見送るのであった。

一方そのジジババは呑気《のんき》だった。

「なんか、振動が少ないの」

「当たり前さね。今更尻が痛いのはうんざりするから弄ってるのさ」

「なるほどのう。馬車の中で浮いてた女はすることが違うわい」

「だははは！」

「私、危うく馬車は浮いて乗るものだと思い込むところでした」

馬車の振動が少ないことに気が付いたフェアドは、大昔に尻が痛いとぶつくさ言って浮いていたララのことを思い出し、サザキは爆笑、エルリカは当時にそれが常識だと思いかけたことを告白する。

「揺れで転がった酒瓶が割れて、嘆いたやつがなに笑ってるんだい」

「素晴らしい改良だ。うん。間違いない。歴史に名を残すと思うぞ」

ララは笑う夫に対し、馬車での旅の過酷さを思い出させて尊敬を勝ち取る。どうやら勇者パーティーにとって、馬車での旅も立ちはだかる試練だったらしい。

「それにしてもシュタインはなにをやっておるかのう。いや、いつも通りか」

「ですねえ」

フェアドとエルリカは夫婦のじゃれあいを放っておいて、会いに行こうとしている仲間を想う。

かつて自分と馬が馬車を引っ張れば三倍くらい速くなるのではと宣《のたま》った男、シュタインという名の脳筋を。

◆

〝焼却〟のアルドリック

――炎が舞う。舞う。舞う。舞う。ドラゴンすら恐れる。慄く――

〝赤き湖の戦い〟
――大魔神王はオークを舐《な》めた。氏族間で僅かな繋がりしか持たないオーク達が、聖地死守という使命に突き動かされて団結した時、誰もの予想を上回る破壊をもたらした――
〝消却〟の魔女ララ
――あり得ざる深淵位階にいながら正気であるが故にララは証明してしまった。人間は正気と思い込んでいるだけなのだ――

ジジババ勇者パーティー最後の旅

THE LAST JOURNEY OF OLD HERO PARTY

〜老いた最強は色褪せぬまま未来へ進むようです〜

第四章　道なき道の拳

THE LAST JOURNEY OF OLD HERO PARTY

「破ッ！」

百人を超える戦闘修道士、モンクが一斉に拳を突き出す。

「破ッ！」

足を天に伸ばす。

誰も彼もが鍛え抜かれた肉体を持ち、太陽光を反射して鋼のようだ。

「破ッ！」

いや、実際にモンクの体が光り輝いている。

モンクは〝生波《せいは》〟と呼称される、自然や生きとし生ける全ての者が持つ命の輝きを体内で凝縮して力に変える際、副産物として体が光るのだ。

それにしてもモンクとは中々不可思議、もしくは矛盾を持つ存在である。

宗派によって考えは異なるが、神に仕える者達は刃物を扱って命を奪うことを禁じられている場合がある。だが混沌《こんとん》とした時代において、自らの身は自らで守らなければならない。

そこで誕生したのが、刃物を扱うことなく徒手空拳で戦うことができるモンクという存在だ。

ここに少々の矛盾がある。鍛え抜かれた鋼の体に、神への信仰心と生波による強化術が合わさったモンクは、刃物を扱う賊より圧倒的な殺傷力を秘めており、岩や人の頭蓋程度は簡単に粉砕することができるのだ。

一方、特にそういった教義がない者達は剣を持った。当たり前である。

話が若干逸れた。

ここ、〝煮え立つ山〟と呼ばれる大きな山は、戦神や闘神を祀《まつ》る祠《ほこら》や神殿が存在しており、様々な宗派のモンク達が切磋琢磨《せっさたくま》している。そして伝説では、モンク達の体から発せられる蒸気や湯気が山全体を覆っているようだから、煮え立つ山と命名されたとか。

そんな煮え立つ山の頂上に建設された神殿では、時折だが各宗派の代表者的なモンクが集結して会議が行われるが、今日は少々雰囲気が違う。

「……告白しよう。未練がある」

五十代から六十代、更には八十代の達人モンク達を前に、青年のように見えて御年三百歳を超えた異常なる者がぽつりと溢《こぼ》した。

人間でありエルフのような長い命を持つ訳でもないのに、三百歳ながら豊かな金の髪と全く濁っていない青い瞳、張りのある白い肌は、生命エネルギーである生波の行使を極め切ったが故に老化が止まったことを意味している。その領域まで到達したのはまさに、最初のモンクの一人と呼ばれる〝轟《とどろ》く大地教〟大司祭、アルベールだからこそだろう。

アルベールを含めた数人は最初にモンクの道を切り開いたことで、宗派を超えて全てのモンクから尊敬を集めており、今も彼の呼びかけで達人達が集まったのだ。

そんなアルベールだが流石に精神的疲労は蓄積し続けていたため、そろそろ人生に幕を引こうと考えていた。

しかし、その前に唯一の心残りを弟子達に告白した。

「神への信仰心がない。故に拳を封じなければと思った。だが惜しんでしまった。尤《もっと》も単純に奴の拳を封じられるのかという疑問もあったが」

アルベールの心残りは袂《たもと》を分かった凶拳の弟子のことだ。

そう、凶拳としか言いようがない。

神に仕える戦闘修道士がモンクであるなら、神への信仰心がないなど論外も論外であり、それは最早モンクではないのだ。

だからこそアルベールは、凶拳を封じなければならなかったが、問題だったのはその弟子がモンクとして論外なくせに、間違いなく一つの完成形に至っていたことだ。

そしてその弟子はアルベールが事を起こす前に山を下り、あっという間に手出しができない存在と化してしまった。

「未練だ」

アルベールは再び未練があると呟《つぶや》く。

それもその筈《はず》。論外であるはずの凶拳は山を下りて以降も、破門や除籍をされておらず、未だ轟く大地教に所属している。煮え立つ山にも籍がある。

改めて述べるが神を敬わない論外が、いつでも戻ってこられるようにしておくなど、これをアルベールと轟く大地教の未練と言わずなんと言う。

しかし……やはり、道を無理矢理にでも正した方がよかったかもしれない。

可能かどうかはさておき。


煮え立つ山から遥《はる》か遠方に、神地と呼ばれる土地が存在する。煮え立つ山と同じように戦神や闘神を祀る神殿や祠が複数存在しており、霊験あらたかな地で修行するため各地から武芸者が訪れて修練を行っている。

そして神地には煮え立つ山と同じように、アルベールとは違う人間を開祖とするモンクの修練場が存在しており……地獄と化していた。

「破ッ！」

生波によって輝くモンクの突き。

無意味。

蹴り。

無意味。

手刀。

無意味。

足刀。

無意味。

全てが無意味。

漆黒の輝きは全てを食い尽くす。

「死波《しは》に手を出すなど！　愚か者め！」

モンクが神に仕えていながら悪態を吐く。

しかし、吐かずにはいられない。

生命エネルギーである生波と対をなす死波は、そのまま死と破壊のエネルギーを意味しており、モンクにとって禁忌の力だ。

それを宿して黒く輝く魔のモンクが、生波こそが正道などと嘯《うそぶ》く軟弱者の頭蓋を砕く。神への敬いを持てと言う愚か者の胸をぶち抜く。

だがやはり堕ちた道なのだ。

「ああああああああああああ！　力！　力あああああ！」

荒れ回る凶拳は異形そのもの。

全身は巌《いわお》のようでも、破けて服の役割を果たせていない布の下の右半身は若者の顔と体で、左半身は年老いて、それに加え焼け爛《ただ》れた老人の顔と皮膚なのだ。

「力だあああ！　力があればああ！　強くなければああ！」

そんな異形となり果てた凶拳が、視線が定まらずまさに正気を失った表情で涎《よだれ》を垂らしながら、ただ力への妄信を叫び続ける。

「弱ければ死ぬのだあ！」

「なにを言っている！」

凶拳の叫びを理解できないモンクもまた叫ぶ。

「大戦が！　大魔神王が！　火があああ！」

「こ、こいつ⁉」

その凶拳の言葉で生き残ったモンクは全てを察した。

弱者も強者も等しく死ぬしかなかった、大魔神王とかつての大戦を引き摺《ず》っているのだ。

「強くうううううう！」

光のモンクに大戦の当事者はいない故に、凶拳への同意はない。当事者ではない大戦後に生まれた者達は、弱ければ滅びるという自明の理が分かっていない。

だがもし、大戦を経験した者がここにいれば少し話は違ったかもしれない。

世界を染めた血と空の赤。炎。死。絶望。暗黒。敗北。怨念。恐怖。滅亡。それら負の全てが集まった時代において、弱さは死に直結した。罪なのだ。

明日もなく未来もない。

老いたるも死ぬ。若きも死ぬ。赤子も死ぬ。全てが死すべき定めの世界。モンクとて例外ではない。現に大戦中、モンクの本拠地である煮え立つ山は殆《ほとん》ど陥落寸前だった。

だからこそ誰もが強さを求めた。死なないために。滅びないために。生きるために。大戦が終わっても。

しかし……結局のところ、身の丈に合わない強さを求めても意味がないのかもしれない。

「力ああああああああああああああああああ！」

天に叫ぶ凶拳の体からどす黒い力の奔流が迸《ほとばし》る。

単純に破壊の力として生波と死波を比べた場合、死波の方が明らかに上である。それなのに使い手がほぼいないのは、この通り力に魅入られて理性を見失いやすくなり、やがて死んでしまうからだ。

「死ねええええ！」

最早凶拳の言動は支離滅裂だ。

弱ければ死ぬ。だから死なないために強くなる。その筈なのに超えてはいけない線へ踏み込んで、理性なき死の暴風と化している。自我を失いかけているなど、死と変わりないのに。

「おおおおおおおおおお！」

「ぎっ⁉」

凶拳は更に暴れ回ると、残ったモンク達を瞬時に肉塊に変えてしまう。

「おおおおおおおおおおお！」

後には命尽きるまで暴走する凶拳だけが残された。

勿論《もちろん》これを知ったモンク達が黙っている筈がない。僅かにいた生存者のおかげでこの事態が知れ渡り、世界中のモンクが臨戦態勢になったと言っていい。


「モー」

「モー」

「コッコッコッ」

牛や鶏の鳴き声が青空に吸い込まれていく。

長閑《のどか》だ。長閑なはずだ。

ライムという街は付近を広大な草原で囲まれており、それを活かした畜産業と商人達の活動で発展してきた。しかし、街の中で轟《とどろ》く大地教のモンク達が妙に慌ただしく動き回っている。

「由々しき事態だ」

ライムの外にある神殿の最奥で、床に座った齢《よわい》八十を超えながら巌のようなモンク、ルッツが重々しく呟いた。

「一人で神地にあるモンクの修練場を落とす死波の使い手ともなれば、道理や倫理も無きに等しい。しかもそれが八十か九十歳を超えているとなれば、最早理性があるかも疑わしい獣だ」

ライムの街からほど近い神地に存在したモンクの修練場が壊滅した一報は、僅かな生存者がいたことで詳細なことが分かっている。

犯人の顔年齢は非常に高齢で八十歳か九十歳ほど。それなのに体の方は筋骨隆々で、通常の人が遥かに見上げるほど大柄。明らかに死波の使い手で黒い波動を身に纏《まと》っているなど。

ここで問題なのは死波は使えば使うほど正気を失ってしまい、より手が付けられなくなってしまうことだ。つまり顔の年齢が九十であることを考えると、恐ろしいまでに死波の力を宿している可能性が高かった。

「万が一同門だった場合でも必ず殺さなければならん。いや、同門ならば尚の事だ」

邪道に染まり死を振りまくなど、もし一門から出してしまえば恥どころの話ではない。凶拳の抹殺は使命だった。

話をライムの街に戻す。周辺では貴族が食するための特別な家畜も飼育されており、生きている財産に邪な考えを抱く不届き者がいないかと、衛兵達は日々目を光らせていた。

「ちょっとお話を聞かせてください」

現に今もライムの新人衛兵エドワードが、明らかな不審者に声をかけていた。

「私ですか？」

不審者が惚《とぼ》けても無駄である。

九十代男性。光っている頭部。日に焼けた皺だらけの肌。灰色の瞳。平均的な身長のエドワードが僅かに見上げる身長で、全身の肉体が枯れ木のような老人は、言葉通りどこからどう見ても不審者である。

そう、エドワードが不審者の全身の肉体を把握できているということはつまり……。

「服はどうされました？」

この不審者、いや、露出魔は腰に布を巻き付けているだけなのだ。

「ひょっとして北方の蛮族《ばんぞく》出身ですか？」

「筋肉？」

「ん、く、しか合っていません」

「確かに筋族《きんぞく》です」

「一文字違いになりましたがそんな部族、聞いたこともないです」

（参ったな。年寄りだから話が通じないぞ）

エドワードはその老人が、蛮勇を誇って自らを蛮族と呼称する一部の部族出身かと考えた。男ならバーバリアン、女ならアマゾネスと区別される蛮族は、最低限の衣服か毛皮を身に纏って伝統的な紋様を肌に描くので、露出が激しいことで知られている。

そのためエドワードは老人が蛮族出身かと思ったが、返ってきた答えは頓珍漢なものであり、年齢のせいでまともな受け答えができなくなっていると判断した。

「聖印がないから轟く大地教のモンク様ではないしなあ……」

もう一点だけ可能性があるとすれば、それはライムの街から少々離れた場所に存在する、轟く大地教の神殿からやってきたモンクだ。

若い修行中のモンクは常に体温が高いため、世間の目を気にせず少々衣服を軽視する傾向があり、街に生活必需品を買いに来る者は軽装であることが多い。

しかしそれなら、轟く大地教の所属であることを示す聖印がどこかにあるはずだし、世間の目を気にしないような若さもこの老人にはない。

「私は修道士ではありませんが、強いて言うなら自分の筋肉を信仰しています」

「は、はあ……その、一応街中ですので服を着ていただけませんか？」

「それはちょっと……筋肉の問題でできないのですよ」

「すいませんもう一度お願いできませんか？」

「筋肉の問題で服を着ることができないのです」

「は、はあ……」

エドワードは心底困り果てた。単に服を着て露出をやめてくれと頼んでいるだけなのに、返ってくる答えが必ず筋肉なのだ。

これが二百年前なら半裸の男達は珍しくもなかったが、時代と文化が変わり公共の場で必要以上に肌を見せつけることはなくなっている。

だが単に半裸状態は犯罪ではないため、エドワードは老人に対してお願い以上のことをすることができないから困りに困った。

「もうご高齢のようですし、風邪などで命を落としてしまいますよ」

「ご心配ありがとうございます。ですが十代の頃からずっとこれで、風邪とは縁がありません」

「はあ……」

それでもエドワードは常識的な切り口で突破口を開こうとしたが、返ってきた答えはやはり常識を疑ってしまうものだ。

老人の言葉が正しければ、エドワードが生まれる遥か前からずっと半裸ということになる。

「逆に尋ねて申し訳ないのですが、街でよく見かけている轟く大地教のモンクの皆さんが、今日は妙に慌ただしいことが気になりまして。何かご存じではないですか？」

「自分も気になってたんですが、下っ端なもので特に連絡も受けていませんね。って雨？」

老人は気になっていたことを尋ねたが、モンクが慌てている理由など下っ端のエドワードが知る筈もない。それに急にポツリと雨が降り始めたことで、エドワードの意識は完全に空へ向かう。

「本格的に降り出す前に家まで送っていきますよ」

「送って……？」

エドワードの提案で初めて老人が筋肉から離れた。

「ええ。さあ、降り出す前に」

「それは、ありがとうございます」

有無を言わさず促すエドワードを伴って、老人は自分が宿泊している宿屋に歩み始めた。

「衛兵になられたのは最近ですかな？」

「ええ。隣町で衛兵になりましてね。ちょっとライムの街の人手が足りないということで、ついこの前こちらにやってきました」

「なるほど」

エドワードに付き添われた老人が話しかけると、ちょっとした身の上話になった。

「冒険者といったものはどうでした？」

老人がある意味で花形の職業を口にする。

善なる神々が残した試練とも、悪なる神達が作り出した罠《わな》ともいわれる迷宮、別名ダンジョンは、その内部に数多《あまた》の怪物達と共に秘宝が存在することで知られている。その迷宮に挑む冒険者と呼ばれる者達は、富や秘宝を持ち帰り、名誉と栄光を手に入れることが可能な、若い者達なら多くが憧れる職業だ。

「子供の時は冒険者になりたいと思いましたが……若造の思い込みですけど街を守るんだと考え始めてですね」

「なるほどなるほど」

「お爺《じい》さんの若いころはどうでした？」

「ははははは。八十年も前になりますが、少し人と違ったことをしたいとは思いましたね」

「違ったことですか」

「ええ。違ったことです」

そんな冒険者より衛兵を志すようになったエドワードと老人の会話は続いた。

「ここです。ここに泊まっています。アイヴィーさんただいま戻りました」

「ああお帰りなさい」

そうこう言っているうちに小さな宿屋にたどり着いた老人は、外で掃除をしていた腰の曲がった八十歳ほどの老婆アイヴィーに挨拶をする。

「では自分はこれで」

「ご親切にありがとうございました」

「いえいえ。では」

宿屋の老婆が老人と面識があることを確認したエドワードは、ここが宿泊先なのは間違いないと判断してこの場を後にする。

「貴方を心配してですか。親切な方ですねえ」

「昔も今もいい意味で変わりがないのかもしれません。友人を思い出しました」

エドワードの背を見ながら、アイヴィーと老人がそう口にしていた。

「いや……悪い意味で変わり果てた者もいるかもしれません。少し、見回りをしてきます」

老人が付け足したその勘は正しかった。

見回りした先で発見した。いや、発見してしまった。

九十歳を超えながら筋骨隆々の大男から、雨雲をかき消してしまいかねない死が噴出する。

七十年前の大戦時は愚かにも生命と光の道こそが正しいと妄信していた。

しかし生波を極めることができず次第に衰えていく力に絶望した。

だから力を求めて死波に手を出し……。

「おおおおおおおおおおおおおお！」

このざまだ。

濁った瞳と流れ出る涎、意味のない雄叫びは、大男に最早理性らしい理性がないことを示している。

それなのに体に染みついたモンクの技は消え去っておらず、モンクの修練場を破壊しつくしたのだから、危険極まる存在と化していた。

そんな理性が消え失せた凶拳は道なき道を走り続けた。

「大魔神王があああ！　滅びがあああああああ！」

だが心はどこまでも大戦に囚われているようだ。

「死にたくない！　生きて誰よりも上にいいいいいいいいい！」

そして何十年も隠していた本音が漏れた。

強くなって生き残る。その目的はいつしか歪《ゆが》み、弱き者よりも上に立ち優越感に浸る妄想になり果てた。

(大戦が終わり、誰もが救われた訳ではない、か)

妄念の前に枯れ木のような半裸の老人が立ち塞がった。

老人は凶拳の正体が、かつての大戦に参加していたモンクであることに気が付いたが無言である。

千歩の距離でも既に殺しの場であり、必要な動作ではないのだ。

「ああああああああああああ⁉」

一方の凶拳が吠《ほ》えた。驚愕《きょうがく》の叫びだ。枯れ木のような老人に覚えがある。煮え立つ山、戦場、決戦。命ある者達が集結した一大決戦の場には必ずいた男。

凶拳にとって羨望と嫉妬の対象。

愚かな話だ。嫉妬を向けられる老人の道も平坦《へいたん》ではない。寧ろ凶拳と同じく、世界を救うための戦いに身を投じていながら、自らを救い切れていないと言っていい。

「死いいいいいいいねえええええええええええ!」

だが凶拳にとっては関係ない話だ。

異様な密度の死波は半ば物質化してしまい、凶拳の体を肥大化させて異様な大男に仕立て上げる。

地に拳が当たれば大地が粉微塵《こなみじん》に砕け、天に当たればそのまま空を砕きかねないほどだ。

これに生波を極め切った達人が相対するなら、黒き雷に白き太陽がぶつかることになるだろう。

そして凶拳は瞬く間に距離を詰めると、異常発達して老人の上半身を覆ってしまえそうな程に巨大な拳を突き出し、辺りに紫電をまき散らす。その姿はまるで。

死体だった。

屈強なる拳から放たれた破壊の一撃は、ほんの少しも枯れ木に触れていない。

迅雷のよう。全てを粉砕する。

言葉遊びに誰が付き合う。

当たらないものに意味などない。

来ると分かっているものに誰が当たる。

生命の波動と死の波動。正の道と邪の道。光の力と闇の力。そして神への信仰。

三百年前にモンクの道を切り開いた偉大なる者達は、信仰と命、宗派を守るための光の力であると自称し、そこから派生した殺しの技術は自らを死の闇と称えた。

否定するつもりはない。

だが——

窮屈ではないか。どこまでも飛び上がれるのに、定められた生死の道だけを歩むのは。

そう思いつつも、生と死の道をきちんと極めていないまま、理解していないままなのは視野が狭いと言わざるを得ないと判断した。

だからこそ生波も死波も身に修めた。

命の尊さを理解した。

弱肉強食の掟《おきて》を理解した。

その上で、誰も歩まなかった道に踏み入った。

善悪すらないあまりにも純粋な、混じり気のない力の道へ。

だからこそ色合いのない力は、光り輝いたり黒き雷をまき散らしたりはしない。

「破ッ！」

凶拳を躱《かわ》した老人の手は、枯れ木のように見えてその実は超圧縮された筋力によって、ただ力のまま、ただただ真っすぐな拳となって胸に突き刺さる。

そこに胸郭をぶち破り血をまき散らすようなものはない。

必要な分の力として凶拳の命の鼓動を止めた。

「大戦中に覚えがある。雷の雲教のモンクだったか」

変わり果てた凶拳の死体を前に老人がポツリと溢す。

この老人こそが轟く大地教、そしてモンクの開祖の一人アルベールが未練を残している原因。

神を敬わず、己の道を歩み続ける者。

かつての勇者パーティー所属、〝無波〟のシュタインだった。


それから数日。シュタインに会うため、勇者パーティー一行がライムの街へ訪れる。

「おお。牛があんなにも。長閑だのう婆さんや」

「そうですねえお爺さん」

ゴーレム馬車の御者台に座っているフェアドとエルリカが、ライムの街周辺で放牧されている家畜を見てのんびりと会話をしている。

青空の下でゆっくり草を食《は》んでいる牛、そして小柄なジジババ夫婦。まるでここだけ時間の流れが遅くなっているようだ。

「シュタインが人語を覚えて、ちょっとは会話が通じるといいんだが」

「私は正気でいられる自信がないよ」

一方長閑で小柄な老夫婦と違い、荷台にいる背筋が伸びて背も縮んでいないサザキとララの夫婦は、シュタインに意識を向けていた。

サザキにとってシュタインは、戦闘術との嚙《か》み合わせがある意味で悪い相手だ。そしてララは魔道の深淵《しんえん》にいるくせに、シュタインの言動に正気を削られかねないと考えていた。

「うん？　前に五人いるのう。山賊……ではないようじゃが」

「この馬車にちょっかいかける山賊がいたらご愁傷さまと言っておくよ」

フェアドが小高い丘を越えた先に、五人ほどの人間がいることを見つけると、ララが肩を竦《すく》めて茶化した。

馬車にいる面子《メンツ》が死に損ないの老人四人だろうが、かつて世界を救った四人なのだ。山賊如きがこの馬車を襲った場合、一瞬であの世に送られることだろう。

「そうそう。なんたってララが」

「サザキがいるからね」

「いや、俺は平和的に解決しようとするぞ。つまりご愁傷さまの原因は俺じゃない」

「よく言ったもんだね」

「あの筋骨隆々の集団……轟く大地教のモンクかもしれません」

「シュタインとは……あまり関係ないかの？」

「どうでしょうね。教団そのものとの関係を修復できたとは聞いていませんが」

戯れているサザキとララを無視したエルリカとフェアドは、遠目からでも明らかに逞《たくま》しいことが分かるその集団が、付近に神殿がある轟く大地教のモンクではないかと判断した。

「こんにちは司祭様。なにかありましたかな？」

「この青空に感謝を。付近で変わったことがないかを定期的に確認しておりましてな。これもその一環なのですよ。ご老体はなにか変わったことを見かけませんでしたか？」

「いいえ。いいところだと思いながら来ましたよ」

「それはよかった。ようこそライムの街へ」

「お役目の最中にありがとうございます」

轟く大地教の聖印を確認したフェアドが、司祭との話を終えると再び馬車を動かす。

「青空に感謝を、か。ふっ。お前さん、ちょっとドキリとしただろ」

「一瞬のう。儂《わし》らのことを知っとるのかと思ったわい」

ニヤリと笑うサザキに、フェアドは胸に手を当てて返答する。

青空に感謝と言った司祭は深い意味を持っていなかったが、かつての大戦中に真っ赤だった天を青空に戻した主要人物が四人この場にいた。

そして五人目もすぐ先に。

「さあて。シュタインを見つけるのはそう難しいことではない筈じゃ。のう婆さんや」

「半裸の年寄りを尋ねたらいいですからねえ」

ライムの街に足を踏み入れたフェアドとエルリカが辺りを見渡すが、シュタインの発見はそう難しいことではない。

「サザキを見つけるときは、酒瓶を片手に寝っ転がってる年寄りを聞いたらいいだけだしね」

「探す手間が省けて楽だろ」

「ああそうだね。ホームレスを引き取るときに、詳しい説明をしなくていいから助かるよ」

よちよち歩きの老夫婦と違い、足取りのしっかりしているララとサザキは戯れっぱなしだ。

そして実際、サザキを見つける時に、酒瓶を持って寝っ転がっている老人を尋ねたらいいように、シュタインを見つける時は、半裸でやたら筋肉と連呼する老人を聞けばいいだけである。

「もし、そこの御仁。半裸で徘徊《はいかい》してよく筋肉と連呼する老人を見かけませんでしたかの？」

「ああ、向こうで見かけたな。多分そのまま聞いてたらたどり着くと思うよ」

だがフェアドが通りすがりの男性に声をかけて答えが返ってきたとき、予想できていた筈のサザキとララは口を手で覆い隠す羽目になった。

それから程なく。

「おお！　我が友達よ！　今日はなんと素晴らしい日なのだろう！」

道行く人々に尋ねた先に、実際シュタインはいた。

「再会を祝して！」

「ぐげっ⁉」

「ほほほほほ」

興奮しているシュタインの声と……絞められた鶏のようなフェアドの声。そして上品に笑うエルリカ。

ほぼそのままの表現だ。

なにせフェアドはシュタインの手によって、正面からガシリと抱き着かれているのだ。

ここに半裸の九十歳男性に絞め殺されかけている、九十歳のよぼよぼ爺《じじい》という構図が誕生した。

「さあサザキ」

「ほらお呼びだよ。逝ってきな」

「絶対いやだ。絶対に。ぜーったいに」

続いて歓迎すると言わんばかりに手を広げたシュタインがサザキに向き直ると、サザキは地獄へ突き落とそうとするララの言葉に断固として拒絶した。

「ではエルリカ、ララ」

「ほほほほほほ」

「寝言は寝て言いな」

サザキに断られたシュタインは、手を広げたまま女性陣に向きを変えたが、エルリカは笑って完

ふ
ふ

全に無視。ララは男連中で我慢しろと言わんばかりに手を振って拒絶した。

「では改めて。相も変わらず全員見事な筋肉だ」

「私らとエルリカのどこに筋肉があるって言うんだい」

「昔にも言っただろう。全身は筋肉なのだ。つまり脳も筋肉であり、知性とは脳の筋肉量に左右される」

「ああそうかい」

戦友達に砕けた口調で話すシュタインの理論に、ララは疲れたような表情になる。ララの知識ならシュタインの理論を理解できはするが、それでも筋肉を連呼されれば途端に深淵を飛び越えた話に聞こえてしまうのだ。

「さあさあ、昼がまだなら食べよう。泊まっている宿屋は食堂もやっていてな。そこで新鮮な鶏の胸肉が入る予定だと今朝聞いた。楽しみは仲間と分かち合ってこそだ」

「ほっほっ。それならご一緒させてもらおうかのう」

記憶と全く変わらない筋肉馬鹿のお誘いに、もう少しでその鶏のように絞め殺される寸前だったフェアドは苦笑しながら応じる。

変わり果ててしまった者もいるが、あらゆる意味でフェアドの記憶と変わらないのがシュタインという男であった。

そしてシュタインが宿泊している宿屋と食堂を両方経営している店は庶民向けの場所でしかなく、食事もそう大したものではない。

しかし、勇者パーティーは生まれも育ちもそれこそ大したことがない上に、シュタインの食生活は少々偏っている。

「相変わらず牛乳と鶏の胸肉だのう」

「勿論。このためにライムの街にいると言っていい」

フェアドは記憶と全く変わらない、シュタインの食事に苦笑する。

シュタインは、いい筋肉はいい食事が分かるという謎の理論を用いて牛乳と鶏の胸肉に執心しており、畜産が盛んなライムの街にいるのもそれが理由だった。

「あ、そうだ」

「私の牛乳に酒を入れるなよサザキ」

「なにも言ってないだろう」

「否定しない時点で語るに落ちている」

いいことを思いついたと言わんばかりのサザキを、シュタインは僅かな動作も見逃すまいと牽制《けんせい》する。

ここに剣聖と拳聖の争いが勃発した。

「しかし……そうか。フェアドとエルリカの手紙は受け取ったが、サザキとララも最期の前の旅か」

シュタインが感慨深げに呟き争いは終結した。

あらゆる意味でサザキとシュタインの争いはただただ不毛であり、それは七十年程前から変わることがない。

「死ぬ前に挨拶せんといかん人達がおる。それにひ孫の顔を見ないとのう。ほっほっほっ」

「フェアド。言おうか迷っていたのだが、その年寄り言葉は違和感がある。かなり」

「ほっとけ」

「だっはっはっはっ！　だっはっはっはっ！　俺と同じこと言ってらあ！　やっぱ合ってねえんだって！」

好々爺《こうこうや》そのものだったフェアドは、シュタインに年寄り言葉が合っていないと言われると口をへの字に曲げ、爆笑しているサザキを睨《にら》んだ。

「……煮え立つ山には行くのか？」

「そのつもりです。煮え立つ山のモンクとは何度か共闘しましたから」

腕を組んで天井を見上げたシュタインの問いに、エルリカはいくつかの単語を省いて返答した。

その省かれた単語は、轟く大地教、そしてモンクの始祖の一人アルベールだ。

（どうしたものか……）

天井を見上げたまま考え込むシュタインは、轟く大地教とアルベールに世話になっていながら、自分の道を歩むために袂を分かった経緯がある。

その結果、世界を守る戦いで活躍できたとは言え、不義理は不義理であり心のしこりになっていた。

（どうしたものか……）

再び同じ言葉を心の中で呟く。

シュタインは生命エネルギーの生波を極めているため本来なら寿命も延びるはずだが、同じく極めた死波と拮抗《きっこう》しているためそういったことはなく、残された寿命はそれほど長くない。勿論やろうと思えば生波だけを行使することもできたが、長い生に興味を持っていなかった。

つまり、和解する機会も殆ど残っていないのだ。それでもシュタインが悩んでいるのは、煮え立つ山を飛び出した手前、今更どの面下げてという感情を抱いているからである。

「らしくねえなあおい。初めて会った時、その筋肉が求めてるから山から飛び出したって言ってただろう。その筋肉、今何言ってんだよ」

雑な口調はサザキのものではない。

ちびりちびりと野菜を食べているフェアドだ。

「そうだな……その通りだ。筋肉は再会を求めている。煮え立つ山に行くなら同行させてもらいたい」

「ちょっとあちこち行くがいいか？」

「まだ十年くらいは残っているんだ。問題ない」

「ほっほっ。それなら歓迎するぞシュタイン」

「フェアド」

「なんじゃい」

「その外見なら若いころの口調も違和感がある。かなり」

「どうしろっていうんだコラ」

「だっはっはっはっ！」

「ふ」

「ほほほほほほ」

かつてのように。そしていつかのようにフェアドから発破をかけられたシュタインは、一つの決断を下した。師と昔所属していた組織との和解は考えていない。しかし、それでも一度顔は出しておくべきだと。

「げっ⁉」

ライムの街にほど近い、轟く大地教の神殿。責任者であり齢八十をとうに超えていながら巌のようなモンク、ルッツが手紙を読み終えると、断末魔のような叫びと共に立ち上がる。

ルッツと言えば当時若輩ながら先の大戦にも参加した古強者で、今の若いモンク達は彼が動揺している姿など見たことがない。それなのにルッツの目はこれでもかと開き、顎は今にも地面に落ちそうになっている。

(兄弟子！　ここに⁉　煮え立つ山にも⁉　師に⁉)

ルッツの心の中が短い単語だけになったのは、彼の兄弟子であるシュタインが原因だ。

シュタインが煮え立つ山を飛び出す前からルッツは彼と交流があり、兄弟子と慕っていた。しかし、シュタインは倒した凶拳の後始末を弟弟子に頼むようなことはあっても、轟く大地教の敷地に足を踏み入れるようなことはなかった。

それなのにシュタインからの手紙によれば、一度ルッツに顔を見せに来るだけではなく、少し時間はかかるが彼らの師であるアルベールにも会いに行こうとしていることが記載されていた。

（掃き清め……いや、態々《わざわざ》そういったことをされるのを好むような兄弟子ではない。それより師に手紙を出さなければ！）

慌ただしく動き出したルッツだが、完全に見落としていた手紙の一文があった。

友人と一緒に。という文字である。

ルッツの驚きから数日後、フェアド、エルリカ、サザキ、ララ、シュタインという平均年齢九十歳のジジババ集団は、ライムの街にほど近い山にある、轟く大地教の神殿に向かっていた。

「よっこいしょ」

「お爺さん、大丈夫ですか？」

「なんの。婆さんこそ大丈夫かの？」

フェアドとエルリカが短い脚で山肌の階段を上りながら、お互いを気遣っている。という形で戯れている。

「息が微塵《みじん》も乱れてねえのに、なに言ってるんだか。なあ浮いてる婆さん」

「そうだね酒飲んでる爺さん」

全く疲労を感じさせない老夫婦の戯れに呆《あき》れたようなサザキが、急な階段を面倒がって魔法で浮きながら移動しているララに話を振る。

「いかん。いかんぞララ。脳の筋肉は全く衰えていないようだが、足腰の鍛錬を怠るのはよくない。轟く大地教には魔道具の重しがあるからそれを使おう。手頃なのは一つで牛くらいの重さがあったはずだ」

「いらないね。それを手頃だっていうあんたらモンクと私はほとほと相性が悪いよ」

「むう……うん？　そうだサザキ。日常での鍛錬方法を思いついた」

「勝手に酒瓶を重くするなよ」

「流石《さすが》に分かるか」

浮いているララに善意を押し付けようとしたシュタインは即座に断られたため、サザキに標的を移すが先手を打たれた。

「うん？　高僧のように思えるがひょっとして……」

じゃれている仲間達をよそに、フェアドは目を凝らして階段の先にいる人物を観察した。

遠目には判別し難いが、どうも八十歳を超えているらしい人物がいる理由は限られる。これが若い者なら轟く大地教の神殿の門を守っているのだと判断できるが、態々年配の高僧がいるということは……。

「お待ちしておりました」

深々と頭を下げる高僧はシュタインの弟弟子ルッツだった。決して門で客を迎えるような立場ではないが、相手は自分の兄弟子なのだから問題ないと思い、シュタインを待っていたのだ。

「ルッツ、出迎えなどしなくとも」

「いえ。入口で申し訳なく思っております」

自分は出迎えが必要な存在ではないと本心から思っているシュタインだが、ルッツにしてみれば本当はライムの街まで出迎えたかった。しかし、シュタインがそういったことを嫌うことは重々承知していたので、神殿の門で我慢していた。

「お連れの方も……！」

（みょ、妙だ！）

お連れの方もようこそいらっしゃいました。そう言いかけたルッツの脳裏に稲妻が閃《ひらめ》いた。

シュタインからの手紙を受け取ったルッツは、友人という一文を見逃していた。だが轟く大地教との関わりをほぼ断っていたシュタインが、急に轟く大地教と接触しようとしているのは、何かきっかけがあるとみる方が自然だ。

ではそのきっかけとはなにか。

例えばかつてシュタインと共に行動していた人物達とか。

「お久しぶりですのうルッツ殿、フェアドですじゃ。煮え立つ山や戦場で何度かお会いしましたな。昔の友人知人に最後の挨拶をと思って旅をし始めました」

ルッツは大戦時、煮え立つ山を飛び出した兄弟子の仲間とはどのような人物かと思い、戦場で何度かその人物達と会ったことがある。

「青空に感謝を。勇者パーティーの皆様方」

モンクの開祖アルベールをして、なぜ人の形を保っているのか分からないと評した男を中心にした究極の戦闘集団に。

「それではご案内します」

ルッツの促しで神殿の敷地内に足を踏み入れる一行。

「……」

既に思い定めたシュタインは逡巡《しゅんじゅん》せず、実に七十年ぶりに轟く大地教に〝帰郷〟した。

シュタインは轟く大地教の敷地内で早速懐かしいものを見る。

「破ッ！」

「懐かしい」

シュタインが広い鍛錬場で拳を突き放っている若きモンク達の後ろ姿を、懐かし気に目を細めて見た。

彼も若かりし頃は兄弟弟子達に混ざり、共に鍛錬に励んだものだ。

「もしよろしければご指導を」

「アルベール師が、若い者に教えるなとすっ飛んでくるぞ」

若きモンク達への指導をシュタインに乞うルッツだが、シュタインは生波と死波を極めて別の道を歩んだ云々《うんぬん》以前に、そもそも思考からして通常のモンクからかけ離れている。彼らの師であるアルベールがここにいれば止めるだろう。

「それに全員がきちんとしたモンクだ。お前達の指導がいいのだろう」

「……ありがとうございます」

まさかシュタインから褒められるとは思っていなかったルッツは、顔を伏せてそう返すのが精一杯だった。

ルッツとシュタインの繋《つな》がりは強い。

彼は元々孤児で、モンクとなったのも孤児を保護していた轟く大地教に流れ着いたからだ。そしてアルベールに見出されて弟子となり、兄弟子であったシュタインとも交流を深めた。

しかしその直後の時代があまりにも悪すぎた。

空はどこまでも血のように赤く、大地には空と同じ量の血が流れたのではないかと思える混沌期。神に仕える轟く大地教も当然ながら命ありし者達の陣営に立ち、青空と平穏を取り戻すために戦い……ルッツの兄弟子達の多くが帰らぬ人となった。

だがモンク達が消耗しようと、煮え立つ山が命ありし者達にとって一大拠点に変わりはなく、大魔神王にとって目障りな存在であった。

つまり必然だったのだ。

開祖の一人、アルベール率いるモンク達と、魔の軍勢が煮え立つ山で激突し、シュタインが大魔神王という元を絶たねば故郷の危機は終わらぬと判断して山を去ったのは。

「改めて。皆様お久しぶりでございます」

「こちらこそ久しぶりですじゃ」

あまり人気のない神殿内部に案内されたフェアド達は、ルッツと再び挨拶を交わすと本題に入る。

「手紙に書いた通り、死ぬ前にアルベール師と面会しようと思ってな。フェアド達も世話になったことがあるから、全員で煮え立つ山に行くことになった。しかし、色々寄り道するかもしれんから、詳しいことが決まったらまた私の方で師に手紙を出す」

「はい。アルベール師もきっとお喜びでしょう」

「さて」

(フェアド達は素直に歓迎されるだろうが。私の方は、まあ、あれだな。殴られることは確定している)

今後の予定を告げたシュタインは、ルッツの言葉に曖昧な答えを返す。

ルッツも知らないことだが、シュタインはアルベールとかなり口論して飛び出しており、素直に仲が修復できるような状況ではなかった。

「アルベール様はお変わりありませんか？」

「はい。兄弟子が訪れることを知ったら、少しお変わりになられるかもしれませんが」

「怖いことを言う。エルリカ、言っておくがルッツの言葉は冗談になっていないぞ」

「ほほほほほほほほ」

エルリカが世話になったアルベールの近況を尋ねると、ルッツは少々冗談めかした予想を口にする。だがシュタインにすれば冗談になっておらず、なんとも言えない顔になる。

「それにしても、ルッツ殿の方は大きな神殿を預かっておられますなあ」

「同年代で一番だったからな。昔からその腕前を注目されていた」

「兄弟子、どうかその辺りで……」

世間話のように面識あるルッツの栄達を喜ぶフェアドと、これくらいは当たり前だと頷《うなず》くシュタインだが、当のルッツはこのままいけば若い頃を掘り返されそうだと焦る。

いつの世も、自分の若い頃を知っている老人の話は覚悟が必要なのだ。

「それでだが、死波のモンクについてなにか分かったか？」

「残念ながら詳しいことは分かっていません。ですが襲われて生き残った僅かなモンクが言うには、大魔神王と大戦に恐怖を感じているようなことと、強くなければ滅ぶと叫んでいたようです」

「ふむ。死にたくない。誰よりも上にとも叫んでいたか……」

シュタインはルッツや他に関わりのあるモンク達に頼んでいた、凶拳のことについての進展を尋ねたが、分かっているのは言動だけだ。

「力を求め限界が分からなくなって超えちまう。よくあったことだ。それにちょっとした欲が絡んだかね」

「そうだな」

死波のモンクについて話だけ聞いていたサザキが肩を竦めるとシュタインは同意する。

大戦中に自分を見誤って限界を超えてしまい、自滅するのは本当によくあった話なのだ。それだけ大魔神王が命ある者に齎《もたら》した絶望は恐慌を生み続けていたという証でもある。

終戦から七十年経っても生に執着している人間がいるほど。

（ま、ちと俺は変わりもんだが）

尤もサザキは生に執着している者がいることを理解しているが、極論するとダチに付き合ってやるかという感情だけで、絶対に死ぬことが確定していた筈の大魔神王討伐に名乗りを上げていたのだから正反対ともいえる。

勇者パーティにおいて彼以外の全員が、命の存続のために戦っていたことを考えると、やはり異例中の異例である。

「そうだルッツ。もう一つ聞きたいことがある」

「伺います」

弟弟子の思い出話を勘弁してやったシュタインは、重要な本題を切り出す。

「あいつ、どこにいるかはっきり分かんねえからなあ。轟く大地教が把握してりゃいいんだが……」

「趣味らしい趣味がないからね」

サザキとララが小声で話しながら、脳裏にある人物を思い描く。

存命している勇者パーティー最後の一人は、住所不定に近かった。

それから暫く。

「ルッツ、今まで面倒をかけた」

「滅相もございません」

本題が終わった後、結局昔の思い出話に巻き込まれたルッツは、神殿の門の前でシュタインと別れの言葉を交わす。

前回の七十年以上前、唐突にルッツ達から離れたシュタインは、今度こそしっかりと弟弟子と向き合った。

「それとだ。腕を上げたな。素晴らしい筋肉だ」

「は……あ、ありがとうございます……」

シュタインの賞賛にルッツは頭を下げる。その気持ちを余人が察することなどできない。

「また会おう」

「はい」

そして前回の別れではついぞ口にしなかった言葉を最後に、シュタインは山を下りた。

「ルッツ殿がそれらしい人物の情報を持っていてよかったよかった」

「そうですねえお爺さん」

一方、フェアドとエルリカは思いがけない幸運で道先が定まったことを喜んだ。確定したものではないが、ルッツは最後の仲間らしき人物がいる情報を知っていたのだ。

次に彼らが向かうのは迷宮都市ユリアノ。

周辺に存在する複数のダンジョンを攻略するために建設され、冒険者が集う奇妙な都市である。

ただその前に、フェアド達はシュタインに振り回されることになる。

「まあ……そんな気はしてました」

「そうじゃのう婆さんや」

「確かにな」

「だね」

馬車の中でエルリカが呟くと、フェアド、サザキ、ララが同意する。

この場にいないのはシュタインだけだが、その半裸のモンクの行動がいつも通り過ぎて、彼らは懐かしさと呆れの境界にいた。

「私が馬車を引っ張ればこの三倍速くなるが、最適な場所がゴーレム馬に取られているぞ」

脳筋の意見を披露しているシュタインは、常に一定の速度しか出さないゴーレム馬をどうにかできないのかと言いながら、馬車に並走しているのだ。

「普通に考えてみろ。九十の、しかも半裸の爺が馬車を引っ張っておったら、衛兵や巡回の兵に止められるわい」

「馬は全裸だが止められないから私も大丈夫だ」

「そこじゃねえよ脳筋！」

外にいるシュタインの声が聞こえたフェアドは極一般的なことを説明したのに、斜め上をかっ飛ばす答えが返ってきて、ついつい昔の口調になる。

「だっはっはっはっ！」

「男ってやつは死ぬまで変わらんらしい」

「ほほほほ。そうですね」

サザキはそれが面白くて堪らないと言わんばかりに馬鹿笑いすると、ララは七十年前から進歩していない男連中に呆れ、エルリカは昔を懐かしんで笑う。

多くの人間は、勇者パーティーは威厳溢《あふ》れる寡黙な英雄達だと思っているが、実際はバカ騒ぎしながら駆け抜けた連中なのである。

「しかし迷宮都市か。大戦が終わった後に誰か迷宮に潜ったことあるか？　ごほん。あるかの？　儂とエルリカはないんじゃよ」

「ひょっとしてその爺言葉、役作りなのか？」

「うっさいぞサザキ」

気を取り直して元の口調に戻ったフェアドにサザキが突っ込む。

あまりにも変わりがないかつての仲間達のせいで、フェアドは最近若かりし頃の口調にしょっちゅう戻されていた。

「俺はねえな。ララは？」

「ないね」

「おーいシュタイン」

「私もない」

「ってことは全員ねえな」

サザキがララとシュタインに問うと、多くの者にとって意外なことが分かる。

実はかつての大戦中、勇者パーティーは善なる神の試練とも、悪なる神の罠とも伝えられ、財宝が眠り魔物が犇《ひし》めく迷宮に潜ったことがなかった。

「昔は忙しかったからのう」

なぜかはフェアドの言葉に尽きる。

どこもかしこも死戦場であった大戦中、勇者パーティーは各地を転戦していたため、迷宮に挑む時間は全くなかったのだ。

つまりフェアド達は冒険者というより、大魔神王を滅ぼすために結成された戦闘集団であり、夢が溢れるようなことをしていない。

多くの者が、勇者パーティーはあらゆる迷宮を踏破していると思い込んでいるが、それは間違いだった。

「なあララ。実際のところ、迷宮ってのは善神の試練なのか？　悪神の罠なのか？」

「答えを知っている者はいない。そうだろうエルリカ？」

「はい。現存している神々より古き神が作り出したことは間違いないようですが、それ以外のことは分かっていない筈です」

サザキがララに迷宮のことについて尋ねたが、ララもエルリカも明確な答えは持ち合わせていない。

迷宮に挑む冒険者が鍛えられ、栄誉と宝物を得られるのは間違いない。これをある人は、善なる神が人間を鍛え栄光を手に摑《つか》む機会を与えているのだと言う。

だが、迷宮内部で恐怖と絶望を味わい斃《たお》れた者も数知れない。これをある人は、迷宮は悪なる神が煌《きら》びやかな虚飾で人間を惑わし殺すために作り出した罠だと断言する。

「轟く大地教の見解も定まっていないな。まあ、それなりの数のモンクが冒険者パーティーに所属して、迷宮で修練をしているのは間違いないが」

「お主は興味なかったのか？」

「よき筋肉は日光を必要としているのだ。地下にずっと潜る気にはならん」

「なるほどのう」

ゴーレム馬の代わりになることを諦めたらしいシュタインが迷宮の会話に参加したが、迷宮そのものには興味がないらしい。そしてあまりにも彼らしい理由にフェアドは納得するしかない。

「ただ、一度くらいは迷宮に行ってみてもよかったな。今更この歳で迷宮に入ろうとしても、冒険者ギルドは許可を出さんだろう。私が受付なら絶対に断る」

（それが）

（分かってるのに）

（なんで）

（半裸なのか）

シュタインは迷宮に行かなかったことを少し後悔しているようだが、非常に常識的な考えで無理だろうなと判断していた。仲間達に普段の非常識を突っ込まれながら。

迷宮に挑むには冒険者ギルドという組織に登録する必要がある。

元々は迷宮で多発した犯罪から身を守るため冒険者が作り上げた小さな互助組織だったが、百年、二百年と経つうちに迷宮の利権を養分に肥大化を果たし、今では迷宮に挑む者達を管理するまでになった。

そのため冒険者ギルドに登録されていない者は迷宮に立ち入れないのだが、齢九十を過ぎた者に許可など出すはずがない。それはシュタインが勇者パーティーに所属していたことを明かしてもだ。

寧ろ勇者パーティーに所属していた者に迷宮へ立ち入る許可を出して、万が一死亡した場合は責任問題発展するのは間違いない。単に高齢だった場合よりも冒険者ギルドは激しく拒絶するだろう。

「確かに、一度くらいは行っておきたかったの」

「酒が出るなら潜ったんだがなあ」

「私も牛乳が出るなら」

「やっぱり変わらんらしいね」

「ほほほほほ」

冒険、迷宮という単語に心惹《ひ》かれるフェアドと、いつも通りの基準を持つサザキ、シュタインに、ララはやはり男連中が変わらないと肩を竦め、エルリカは口に手を当てて笑う。

人は変化していくものだが、変わらないのはそれはそれで、決して悪いことではないのだろう。

それから暫く。

シュタインとルッツからの手紙を受け取った彼らの師、アルベールは――

「そうか……」

ただそう言って青空を見上げた。

◆

〝無波〟のシュタイン
―生と死、常識と非常識の合間にいる男だが、その体に宿された信念を疑う者など誰一人としていない―

ジジババ 勇者パーティー 最後の旅

THE LAST JOURNEY
OF
OLD HERO PARTY

～老いた最強は
色褪せぬまま未来へ
進むようです～

間章 迷宮都市での新たな伝説

THE LAST JOURNEY OF OLD HERO PARTY

周囲に複数の迷宮が存在することから迷宮都市と呼ばれるユリアノは、欲と命を飲み込んで発展した街だ。

単純な金銀財宝に始まり、万病に効果がある薬、光や炎を放つ特殊な武器、壊れることのない盾などなどを産出する迷宮は、冒険者に富と名誉……そして死を与える。

勿論《もちろん》迷宮に挑む冒険者は命を落とす覚悟をしているが、大抵の場合は自分だけは大丈夫だという根拠のない自信を持っている。もしくはその死を直視できない。

きっと自分は生きて帰れる。きっと自分は大金を手に入れることができる。きっときっときっときっときっと。

そのきっとを迷宮がどれほど飲み込んでも、人間達は離れることができなかった。

勇者パーティーが向かったのは、正気から少し外れてしまった者達の街なのだ。

だが大戦時の者は知っている。

青空を取り戻すと宣言したその勇者達こそが、当時は誰よりも正気ではなかったのだと。

そんな迷宮に挑む冒険者の起きる時刻はまちまちだ。

前日に迷宮に挑んで祝杯を楽しんだなら起きるのは遅いし、その逆で迷宮に挑む者の朝はかなり早い。

「んんんん」

年若い青年ながら深層巡りの一員である青年テオは、朝日に負けない金の髪を輝かせながら、ベッドから起き上がり体を伸ばす。

「よし！　今日も気合入れていくぞ！」

気合いを入れて頬を叩《たた》いたテオは、上等なベッドの真っ白なシーツを整える。上等なのはベッドだけではなく、タンスや椅子、机など家具に限らず様々な小物も一級品だ。

田舎の単なる小僧だったテオが、一級品の物に囲まれている状況も冒険者を志す者が跡を絶たない理由だ。

実力さえあれば農家の四男坊だろうが、貧民窟で暮らす悪ガキだろうと栄達を手にすることができる冒険者は、立身出世の代名詞と言っていい。

だが世間で思われているほど冒険者は単純ではない。

少なくとも力を補完する仲間と冒険者パーティーを結成しなければ、富と名誉が眠る深層へ挑戦することはできないだろう。

テオはその点でも恵まれている。

「おはようミア」

「おはようございますテオ！　今日もいい青空ですね！」

「そうだね。今日も青空だ」

迷宮産の司祭服を身に纏《まと》った少女とも女とも言える年齢のミアが、身に秘めた光の魔力が作用し、金色に輝いているように見える髪と瞳を揺らしながら青い空を尊ぶ。

稀《まれ》にだが魔力は身体的特徴として現れることがあり、ミアは光の力が強いため僅かな輝きを宿しているのだ。

そしてこの青空への思いだが、世代や場所によって大きく違う。

かつての大戦時に主力として活躍した騎士団、モンクや神殿騎士を抱える教会勢力、古くから続く戦士の集団は先人から青空への思いも受け継いでいる。

他には残り少ない年老いた人間、信心深い農村の民、エルフやドワーフのような人より遥《はる》かに長寿な長命種は日々青い空を尊ぶ。また空が赤くなりませんようにと願いながら。

だがそういったものに縁がなくなった街では青空は青空であり、血のように染まっていた空は過去のものだ。

テオは閉鎖的で信心深い昔ながらの村。ミアは教会で育たなかったら、青空を大して気にしなかっただろう。

それもまた一つの時代の移り変わりである。

「おはようテオ、ミア。今日もいい青空だな」

「おはようフレヤ」

「おはようございますフレヤさん！」

長い赤髪を束ね、髪と同じく赤い瞳を細めているミアよりも小柄な少女。に見えるフレヤが青空を喜んでいるのは、少しテオ達とは違う理由だ。

一見幼い少女に見えるフレヤの種族は、個体によってかなり違うが大体二百年の寿命を持つドワーフである。

ドワーフは山、地下、鉱石、火、武器といった類のものと密接に関わる種族で、平均身長は人間に比べて低く男はずんぐりむっくりな髭面《ひげづら》。女は少女のような外見をしている場合が多い。

そんなフレヤは六十歳と少しだが、ドワーフ基準では人生の半分も生きていない娘扱いだ。しかし戦後の爪痕が色濃く残る世代の生まれであり、地下で生活することが多いドワーフすら未だ抱いている青空への思いを受け継いでいた。

「大仕事が待ち受けてるんだ。少し体を温めるか？」

「そうだね」

「頑張ってください！」

フレヤがテオを誘うとミアが応援した。

体を温めるという言葉に特別隠れた意味はなく、少々物騒とも取れる日課だった。

それから少し。テオとフレヤは大きな屋敷の庭で対峙《たいじ》していた。

「よしやるか」

木製の非常に大きな大剣を構えている、燃え尽きた炭のように黒い鎧《よろい》。各部が角張って威圧感があり、並みの男では大きく見上げる必要がある巨軀《きょく》から、可愛らしいフレヤのくぐもった声が漏れる。

金属と共に生き、鍛冶の腕前で並び立つ者がいないドワーフの一部は、非常に特殊な鎧を自分の手足のように扱うことができる。

そのため外見上は小娘でも、戦士としてのフレヤは頑強な前衛になることが可能なのだ。

「おう！」

対するテオは非常にシンプル。

胸など必要最低限の部位を革鎧で守り、武装も木製の盾と剣だけだ。

「せいや！」

フレヤの声と共に巨大な鎧が、見た目に相応しくがっしり大地を蹴りテオに近づくと、巨大な木剣を大上段から振り下ろした。

「んっ！」

対するテオは軽装のくせに躱《かわ》すことを選ばず盾を構える。

中身のフレヤがいかに軽かろうと鎧は相応の質量であり、その特殊な力をもって振るわれた木剣は、常人の頭蓋骨を容易《たやす》く粉砕して肉体を地面の染みにするだろう。

だが木剣を使っている時点で所詮お遊びだ。フレヤは全く本気ではないし、愛用している大剣を使えば人体など赤い霧になる。

それ故にテオもまた相応の力しか使っていない。

秘めている光の力を、体にほんの僅か巡らせただけだ。

それで十分。

フレヤが振り下ろした木剣は、テオの盾にぶち当たると叩き割るどころか大きく反発して跳ね上がった。

「もう一発！」

反発の勢いですっぽ抜けそうになった木剣を無理に握って防いだフレヤは、今度は横から薙《な》ぎ払うように腕を振るった。

これまた常人が受ければそのまま体が浮いて吹き飛ばされ、全身の骨が折れてしまうだろう。

「んっ！」

だが盾で受けたテオは小揺るぎもせず、寧ろ木剣の方が衝撃に耐えきれず折れてしまった。

光の力や魔力は防御において大地の力と似ており、攻撃に対して強力な反発を起こし、衝撃に対して不動を維持することもできる。

大地の力と相違があるとすれば、術者の数が他よりも若干希少で力の操作が難しい代わりに、光の力の方がより強固な守りを発揮できることか。

そして年若いながら光の力を使いこなしているテオは紛れもなく天才だ。

「そのくらいでいいだろう」

「ん」

そこらの娼婦《しょうふ》顔負けの美貌とスタイルを持つ長身の女エリーズと、無表情ながら素晴らしく整った顔立ちの女アマルダが庭にやってくる。

彼女達もまたテオの仲間であり、大きな力を持つ冒険者だ。

だからこそ彼らは選ばれたのだ。

迷宮の地下深くでドラゴンと戦う決戦に。

「よし。じゃあ頑張ろう」

朝食や諸々の準備を終えたテオの言葉と共に、彼がリーダーである冒険者パーティー〝底明かり〟は屋敷から出陣する。

「おい。深層巡りだ」

「ついにか」

彼らだけではない。

道を堂々と歩く煌《きら》びやかな集団が大通りに現れると、道行く全ての人間がざわつく。

複数の戦士、魔法使い、僧侶で構成された冒険者の基本ともいえる一団は、テオ達のような例外を除いて全員が三十代でまさに冒険者として働き盛りだ。

そんな彼らが場をざわめかせている原因は、一般に深層巡りと呼ばれ迷宮下層を主戦場にするトップ冒険者だからだ。

数々の魔法によって強化された武具、極めて高い身体能力と戦う術、迷宮で戦うための知識。それらを高度に身に付け、生きて迷宮の深層を巡れる冒険者は一握りしか存在せず、手に入れた名誉と財宝は誰もが羨み、そして畏敬することになる。

しかも続々と集まる深層巡りは、迷宮都市ユリアノの深層巡りを総動員したと形容できる、三十人ほどの精鋭集団になっていた。

黒い魔獣の皮を纏った狂戦士。いくつもの宝石を身に着けた魔法使い。地味ながら僅かに光り輝いている衣を纏ったモンク。精霊が舞う弓を持つエルフ。大地から生み出されたような鎧を着こんだドワーフの重戦士。複雑な紋様が描かれたフードで顔を隠し、様々な道具を仕込んだダークエルフの盗賊などなど。

その威圧感は凄まじく、一般的なベテランの冒険者も冷や汗を流しながら道を譲っていた。

こんな最精鋭の一団が街を離れ近くの山へ行軍する。

今日この日、ユリアノで臨時結成された深層巡り達による同盟は、〝夜なき灼熱《しゃくねつ》〟と呼ばれる迷宮の最下層に挑み、ドラゴンを討伐するのだ。

「転送装置の行き先は五十層で間違いないな？」

「ああ」

深層巡りの同盟を主導した冒険者。〝栄光への導き〟のリーダーであるロイドは山に到着すると、獅子《しし》のような威厳ある顔を崩さぬまま、洞窟の入り口に浮いている掌ほどの光る球に視線を移して仲間に問う。

これはあらゆる迷宮に存在する転送装置と呼称されるもので、迷宮を毎回潜る必要なく一度行ったことがある各階層へ行き来ができる非常に便利な装置である。

だがその由来は全く分かっておらず、迷宮は悪神の罠《わな》だと主張する者達の根拠の一つとなっている。

迷宮がもし善神の試練というのならば、このような便利なものがある筈《はず》ない。悪神が人を迷宮に引きずり込むために設置したのだという理屈だ。

しかし結局のところ迷宮そのものに対する完全な正解は誰も持っておらず、答えが得られるかは分からない。

「準備はいいか？」

「こちらは大丈夫だ」

「同じく」

「ああ。構わない」

ロイドが各パーティーを見渡して確認を取る。

「僕達も大丈夫です」

テオもまた、自らの冒険者パーティーのリーダーとしてロイドに頷《うなず》く。

同盟の中ではミアと共に最年少のテオだが、侮られるようなことはない。年功序列ではなく実力主義の冒険者は、年若い者でも実績さえあれば気にしないことが多い。

「ジニーは？」

そしてロイドは最後に重要人物、ジニーに視線を向ける。

美しい女だ。

三十歳ほどで眼鏡の奥の青い瞳は理知的な光を宿し、腰で揺れる長い金の髪はそこらの芸術品よりも光り輝いているように見える。

「私も問題ないですわ」

声もまた精巧な楽器を奏でるような滑らかさで、いっそ人工的にすら感じられるだろう。

「では行くぞ」

ロイドは全員が頷いたのを確認して、転送装置を起動した。

冒険者達を出迎えたのは広い地下の空間。そして赤と熱だ。

焦げたような地面のあちこちでは炎が噴出し、最奥ではどろりとした溶岩が流れている。当然ながら冒険者達に熱が襲い掛かるが、事前に司祭の者達が施した光の加護は、ある程度熱や寒さなどを防いでくれるためなんとか活動することができた。

これが迷宮、夜なき灼熱。活動している火山の地下空間と言える迷宮は常に炎と溶岩で照らされ、侵入者達を燃やし尽くす。

「来るぞ！」

ロイドの声を聞かずとも全員が戦闘態勢だ。

迷宮が牙を剝いた。

転送装置は場所によって運不運があり、迷宮の比較的安全な場所に転送されることもあれば、いきなりモンスターに襲われることもある。

今回は完全に後者だ。

「オオオオオオオオオ！」

焦げた大地が隆起する。

もしここに、オークと価値観が似ている二足歩行する鰐《わに》としか言えないような種族、リザードマンがいれば顔を顰《しか》めただろう。

地面から飛び出してきた冒険者達とほぼ同数のモンスターは、まさに二足歩行する鰐なのだ。これがリザードマン達から嫌悪されて〝地下住み〟と呼ばれている存在だ。

違う点は、鱗《うろこ》と牙の隙間から炎が噴き出していること。人間より頭二つ分は大きなリザードマンより更に大柄で、横の体型もそれに相応しくがっしりしていること。

そして知性を感じさせない、本能だけを宿しているような妙に澄み切った瞳か。

その瞳に矢が突き刺さった。

「ギ⁉」

本能から痛みの原因を引き抜いた地下住みの残った目にも矢が突き刺さる。

淡々と両目に矢を当てた達人は、無表情無感情といった様子で次の獲物に狙いを定めた。

冷徹な狩人はテオの仲間だ。

感情と共に体の起伏も乏しい女であるアマルダは、素晴らしい手際の良さで淡々と赤、青、黄色が入り混じった弓を扱い、地下住みの瞳を狙い続ける。

「おお！」

そして冒険者の前衛と地下住みが激突した。

大柄な地下住みはその膂力《りょりょく》も凄まじく、単なる鎧なら紙のように引き裂き、鱗は槍《やり》やクロスボウだって貫けない。

だがここにいるのは人間を超えている者達ばかりだ。

「波ッ！」

ただ力任せに殴り掛かってきた地下住みをモンクが迎え撃つ。

その力量差は明らかだ。大振りで雑な地下住みに比べモンクの拳は最短距離を突き進み、無様に揺らしている顎を叩き砕いた。

「せい！」

前衛で最も大柄な鎧を着こんでいるフレヤが、黒い大剣を大きく振り下ろすと、地下住みの鱗は無価値なものになった。

脳天から股まで両断されたのだから、そこに価値を見出すものなどいないだろう。

テオもその前衛の一員であり、鏡のように光を反射する盾を構えた彼は、大口を開けて突っ込んできた地下住みの勢いに負けるどころではない。

「ギガ⁉」

地下住みは混乱した。

勢いのまま小さな生き物を吹き飛ばそうとしたのに光り輝く盾にぶち当たると、逆に大きく後ろへ弾き飛ばされてしまったのだ。

大人と子供のような体格差を考えるとあり得ないことであり、本能で生きる地下住みはその原因である光の力が持つ頑強さを理解できなかった。

しかし、本能で生きているならもっと素早く体勢を立て直すべきだ。

吹き飛ばされて立ち上がろうとした地下住みの後ろが揺らめいた。

熱によるものではない。

「ギ?」

混乱していた地下住みの意識と命が途絶える。

場にそぐわないほど見事なプロポーションの女、テオの仲間であるエリーズが地下住みの首筋から、紫に怪しく光る短剣を引き抜くと、再び陽炎《かげろう》のような揺らめきと共に消え去った。

「モンク殺しだ!」

そう叫ばれた名を聞いたモンクと剣士、テオ、フレヤ、姿を消したエリーズが警戒する。

戦場の奥で地下住みと変わらないほどの溶岩そのものが、一塊となって蠢《うごめ》いていた。

大魔神王がこれに強化を重ねて煮え立つ山の戦線に投入した結果、モンクが多数犠牲になったことから、モンク殺しと呼ばれるようになったモンスターだ。

理由は外見からも分かる通りに単純明快。生きる溶岩といえる存在に拳を突っ込んで無事なほど、高度に生波《せいは》を操れるモンクの数が少ないのだ。

現に迷宮で深層巡りを行えるほど強力なモンクがはっきりと顔を顰めている。

ただ大戦中に猛威を振るった改良種は、モンクの高僧でも後れを取りかねないほど強力だったが、原種であるこの個体にははっきりとした弱点があった。

流体に近いドロドロとした体のせいか、足が遅すぎて魔法攻撃の的なのだ。その遅さたるや、杖《つえ》を突いた老人と殆《ほとん》ど変わらないほどだ。

「光よ悪しきものを浄化せよ!」

ミアや司祭の杖に光が集い、光の球がモンク殺しに殺到した。

「一発撃つぞ！」

漸進層に位置する魔法使いが四本の指を光らせて光球を放つ。

するとモンク殺しは碌《ろく》な抵抗ができず消え去ってしまった。

このモンスター、人間に触れたら勝ちという尖《とが》りすぎた能力を持っていても、霊的、もしくは魔法的な攻撃に対する防御力が低く、一定の力量を持つ魔法使いや司祭にすれば雑魚同然だった。

欠点を取り除いた、大戦中の猛威を振るった真にモンク殺しと呼ぶに相応しいモンスターならこうもいかないが、原種は対策さえできれば問題にならない。

尤《もっと》も全く問題なく対処されている地下住みとモンク殺しだが、それは冒険者の最上位と言っていい深層巡りが三十人もいるからだ。

「光よ！」

ジニーもその精鋭の一人だ。

輝く四本の指にそれぞれ金色の指輪を嵌めた彼女もまた光の魔法を放ちモンスターを打ち倒していく。

だがそもそも、ここで苦戦しているようでは話にならない。

「よし。降りたら少し休憩するぞ。ここからが本番だ」

彼ら冒険者が戦いを挑もうとしているのは、頂点種の中の頂点種であるドラゴンなのだから。

そして最後の決戦をする前に休憩を取るのは当然だが、全員が気を抜くことなく体の調子を確認していく。

テオ達も互いに傷がないかを確認していたが、一人だけ休憩する意識に乏しい者がいるようで彼らに近づいていた。

「少しいいかしら？」

「はい？　なんでしょうか？」

テオは話しかけてきたジニーに首を傾げた。

田舎から出てきた青年がジニーに声を掛けられたら、それだけで有頂天になるほどだが、生憎《あいにく》と彼の周りにはジニーに劣らぬ美女美少女しかいない。

「突然ごめんなさいね。その歳でそれだけ強い光の力を発している人間はあまり知らないのよ。お二人は親戚に凄い人いたりする？」

「えっと、特には」

「ミアもです」

テオとミアは互いに目を見合わせて、ジニーの質問を否定した。事実、二人の身内に名の知れた人物は一人もいなかった。

「あらそうなの。やっぱり光の力は素直だから、才能があれば順調に育つということかしら。闇なんかは危なっかしくて話にならないけど」

「はい。光の力は自分が努力すれば応えてくれる素晴らしい力だと思います」

「ええそうね。時間を取らせたわね。お互い頑張りましょう」

「はい。頑張りましょう」

言いたいことだけを言ったようなジニーが踵《きびす》を返すと、テオとミアは再び顔を見合わせて、なんだったんだろうと首を傾げた。

ただ、ジニーの言葉は間違っていない。闇の力と比べて光は使い手を裏切るということがなく、身を亡ぼすような破滅への誘惑もない。そのため明らかに扱いにくい闇とは違い、光の力に関する才能があれば大抵は成長して大成することが多かった。

なにより表裏一体の筈の光と闇はかつてこれ以上ない強度で争いながら、光の勝利という形で終わっており、光の方が優れているとの考えが一般的だった。

「よし、休憩終わり。行くぞ」

だがそんな光の力よりも、まずは生き残ることが先決だろう。

三十人を超える最精鋭を率いるロイドが見上げるのは、火山の地下空間には相応しくない大きな大きな門だ。

「ここだ……」

固く閉じられた木製の門は、迷宮が人工物。いや、神工物であることの証明に他ならない。

勿論こんなところにあるものが単なる門の筈がない。迷宮において階層を区切るように威容を放つ門の奥には、特に強力な個体が待ち受けている。そして一度入り込めば余程特殊な能力でもない限り、待ち構えている主を打ち倒さなければ脱出できない。

敗北の末の死も、この世からの脱出と言えば脱出かもしれないが。

「では手筈《てはず》通りに」

ロイドの言葉は、この門の中にいるドラゴンのことを知っている前提だ。

実はこの迷宮のドラゴン、一般の冒険者は打ち倒されたことがないと思っているが、百五十年ほど前に当時の精鋭達に殺されている。そして迷宮の魔物は異常事態が起こらない限り、打ち倒されても同じ力の魔物が生み出される。

そのためこの場にいる冒険者は、偉大なる先輩が残した資料を基に対策を講じていた。

「皆さんの力なら成し遂げられます」

激励の言葉を送るジニーは、当時の資料の解読で大きな活躍をしており、対策を講じる上でも非常に貢献していた。

尤も対策と手筈は大して複雑なものではない。寧《むし》ろ非常に単純だ。

（ふう……よし）

テオは心の中で呼吸を整えるように気合を入れる。

深層巡りの冒険者達に、なぜ危険な場所に行くのかと理由を問うのは全くの無駄だ。金、名誉、自己研鑽《けんさん》。様々な理由こそあるが、結局は度し難いほど愚かで、そして偉大だからこそ未知なる場所へ挑戦しているのだから。

「行くぞ」

ロイドの声と共に、偉大なる愚か者達が門を潜り抜けた。

そこにいた。

（デカい！）

テオはあまりにも当然な印象を受けた。

巨大な石造りの橋に、無理矢理トカゲの手足をくっ付けたかのような威容にして異様。

真っ赤な岩で作り出したかのような鱗。貫けぬものはないと思わせるような牙。縦に裂けたような黄色い瞳。

だが詳しい説明など誰も必要ないだろう。

まさしく人々が思い浮かべる頂点種。ドラゴンが岩だらけの空間に君臨していた。

『ゴオオォォアアアアアアアアアアアアアア■■■■■！』

家を十は重ねたような生物の雄叫びは、それそのものが攻撃であるかのような衝撃を発生させる。

もし一般人がこの場にいれば、この叫びだけで吹き飛ばされて心臓が止まったことだろう。しかしこの場にいる者達は精鋭も精鋭だ。今更衝撃で臆するものなどいない。

そこに赤がなければ。

「防げ！」

テオを含め前衛の中でも特に防御に長けた者達が盾を構え、襲い掛かってくる脅威に備える。

ドラゴンの口からなにが出てくるなど幼子でも知っているだろう。

『ゴオオオオオオ！』

頂点種たる所以《ゆえん》の一つ。ドラゴンの口から雄叫びと共に、真っ赤な真っ赤な最初の力。

炎が迸《ほとばし》った。

今更であるものの人が有機物である以上、火は最悪も最悪。直接肌が焼かれれば炭となり、吸い込めば肺は焼け爛《ただ》れ死に至る。

人が抗えない力こそ原初の破壊。炎なのだ。

魔法という理解不能な力さえなければ。

「光よ！」

「大地の加護よあれ！」

「精霊力場展開」

テオの仲間であるミアの杖から光が溢《あふ》れる。フレヤの鎧から大自然の加護が呼び起こされる。アマルダの弓から青色に輝く蝶《ちょう》が舞い踊る。

彼女達だけではない。

「生波全開！　神よご照覧あれ！」

（あんだけ大金積んでこの装備作ったんだ！　これで熔《と》けたら化けて出てやる！）

「ＵＵＵＵＵＯＯＯＯＯＯＯＯＯ！」

（やるぞ！）

生命と神の加護を開放するモンク。特別に作られた耐火性の盾を構える重戦士。炎の魔獣の毛皮を被って叫ぶ狂戦士。光り輝く盾で炎を防ぐテオ。

彼らが一丸となることによって、全員がすっぽり収まる巨大なドーム状の力場が展開され、ドラゴンのブレスと衝突。

死の炎は世界を彩り、光の力場はそれに抗う。

そして冒険者達は健在。

「もう一発くるぞ！」

人類の上から数えた方が早い集団は見事ドラゴンのブレスを防ぎ切り、更には二回目に備えられる僅かな余裕もあった。

『ゴオオオオオオオオオオオアアアアアアアアアア！』

「んぐううううううう！」

続けて放たれた灼熱の咆哮《ほうこう》を冒険者達は歯を食いしばりながら耐える。

力場の外の大地はブレスによって真っ赤に燃え上がり、融解していないのが不思議なほどだ。

対処方法がないなら千人どころか万を超える人間を燃やし尽くす炎を二回も受け止められるのは、まさに深層巡りだからこそだろう。

「また来るぞ！」

「ミア、ポーション渡すぞ！」

「お前ら飲め！」

更に三回目の炎がドラゴンの口から溢れようとしていたが、流石《さすが》に間髪容れずの三連続は無理があったのか、溜《た》めの時間があった。

その隙にエリーズや精鋭の盗賊が仲間の魔法使い達に、魔力を回復することができる秘薬を手渡す。

極一部の暗殺者や盗賊は、薬品の効能を底上げする特殊な力を行使できる。裏を返せば、高名な騎士ですら暗殺できる技を修めている汚れ仕事の専門家が、単なる薬品係に貶《おとし》められるのがドラゴンという種族だった。

『ガアアアアアアアアアアアアアアアアアアアアアアアア！』

「おおおおおおおおおおおおおお！」

そして三回目の獄炎の奔流を、前衛の冒険者達はドラゴンの叫びに負けない声で防ぐ。

赤、赤、赤。

大都市ですらドラゴンに三回もブレスを吐かれたら壊滅してしまい、夥《おびただ》しい焼死者が発生したことだろう。

つまりそんなものを三回も防がれるのは、ドラゴンにとって完全に想定外なのだ。

『グウウウウウウウギアアアアアアアアアアアア！』

ドラゴンの叫び。

殺意だけではない。

苦悶《くもん》も混じっている。

実は学者や賢者すらそんな馬鹿なと何百年に渡って頭を悩ませている、生物としての欠陥が迷宮のドラゴンにはあった。

体温調節が苦手な癖に火を噴くため体温がどんどんと上がりっぱなしになり、やがて体が熱に耐えきれなくなって絶命するのだ。

これは極論すれば、外部の熱に頼っている変温動物の巨大トカゲに、冷却ができない火を噴く装置を取り付けたようなもので、能力と生態が完全に乖離《かいり》していた。

また、亜種として氷と吹雪のブレスを吐き出す迷宮のドラゴンもいるが、こちらも体温の低下に歯止めがかからず絶命してしまうのだから救いようがない。

だからこそ迷宮のドラゴンは真なるドラゴンに比べ、自分の力が分かっていない子供のように例えられてしまうのだ。

『グギャアアアアアアアアアアアアア！』

自分の発した熱が原因で暴れ回る欠陥生物、もしくは善なる神が人でも対抗できる試練にしようとして調整されたのだと考えられている頂点種擬《もど》きのトカゲだが、それでも圧倒的質量という武器がある。

「防げえええええええええ！」

「おおおおおおおおおお！」

目を血走らせて涎《よだれ》をまき散らし、明らかに変調をきたしているドラゴンが突っ込んできてもロイドは死守を命じ、テオも全身に渾身《こんしん》の力を込めて衝撃に備える。

既に力場の外は灼熱地獄であり、バラバラに散開すればそれだけで命を落としてしまいかねない以上、できるのは耐えることだけだ。

「おおおおおおお！」

『ギイイイイイイイイイイイイイ！』

深層巡り渾身の力場とドラゴンが衝突する。

そして力場にひびが入る。

幾らこのドラゴンが擬きとは言えだ。

偉大なる技術者も。

精鋭と言える漸進層の魔法使いも。

百人力の狂戦士も。

修練に修練を重ねたモンクも。

精霊と共に生きるエルフも。

暗殺の技を秘めたダークエルフも。

重戦士のドワーフも。

深層巡りを束ねるリーダーも。

聖女の卵と言えるミアも。

勇者の卵と言えるテオも。

単なる役割分担以上のことができず、ひたすら耐えて自滅を狙うしかない存在に変わりがない。

『オオオオオオオオオアアアアア！』

「おおおおおおおおおおお！」

最早、事ここに至っては両者共に知性などない。ただ力場を打ち破ろうと叫ぶドラゴンと、命を振り絞るように叫ぶ冒険者達。

あまりにも単純な、打ち破るか防ぎきれるかの戦い。

矛と盾の戦いの果て。

「ちっ。光よ！」

『ギャアアアアアアアアア！』

再びの衝突。

更に力場にひびが入り、あと一度ドラゴンに衝突すれば完全に破れてしまうだろう。

矛が盾を貫く寸前だ。

だが冒険者に。

「おおおおおおおおおおおおおおおおおおおおおおお！」

未知なる底《そこ》へ挑む勇者達に悲鳴など皆無。あるのは勝利への叫びのみ。

三十人全員が一塊の生物のようになり、力場は修復されるどころか更に強固となった。

命の輝き。生命の煌めき。束ねられた意思。

まさしく光の力が溢れた。

『ギイイイイイイイイイイ』

耳障りなドラゴンの叫びに力が籠っていないことに気が付いた冒険者はいない。

だがである。

三度《みたび》の衝突でドラゴンが力場に弾き返されたのなら、誰もが分かった。

『グギギギイイイイイイイイ。ギ。グ。グ』

弾き返されたドラゴンは立ち上がれず、溺れているかのように地面で藻掻《もが》く。

上がりすぎた体温で生命力が零れ続けていたところに、渾身の力技も弾き返されたのだ。

最早末路は一つしかない。死だ。

三度の炎と三度の衝突。一回でも殆ど全ての生物を殺せるといっても、たった六回の行動で命が失われてしまうのだから、迷宮産のドラゴンが欠陥生物、もしくは試練用に調整された存在と言われるのは仕方ないことだ。

『グ……』

そしてドラゴンは短い断末魔の声を漏らすと、完全に生命活動を停止した。

「し、死んだか？」

「勝ったのか？」

ドラゴンが動かなくなっても、冒険者達はその生死に半信半疑だ。

しかし決定的なことが起こる。

「転送装置が起動した⁉」

「勝った！　勝ったぞ！」

淡く光り始めた自身の体とドラゴンに、冒険者達は喜びを爆発させる。

門に待ち構えている主を倒すと転送装置が起動され、その主の屍《かばね》と共に外に強制転移されることが知られている。その現象が起こったということは、彼ら深層巡りは擬きとはいえ確かにドラゴンに勝利したのだ。

まさしく偉業として称えられる、新たなドラゴン殺しの伝説が生まれた瞬間だった。

地面に突き刺さった物を気にしないのであれば。

ジジババ勇者パーティー最後の旅

THE LAST JOURNEY OF OLD HERO PARTY

～老いた最強は色褪せぬまま未来へ進むようです～

第五章　迷宮都市のホラ吹き

THE LAST JOURNEY OF OLD HERO PARTY

「門の衛兵さんが言っていましたが、ドラゴン討伐のお祭りで賑《にぎ》やかですねえ」

「本当じゃのう」

迷宮都市ユリアノを訪れ街を眺めるエルリカとフェアドの目には、まさにドラゴン討伐で沸き立つ市民の姿があった。

「いやあ目出度《めでた》いことだ」

「まさかドラゴンが討伐されるなんて！」

「かんぱーい！」

「冒険者に乾杯！」

口々にドラゴン討伐の偉業と冒険者を称える市民、盛大に宙に舞ったらしい花びらの残り、なんとか名物を作り出そうとしている出店などが目につき、大道芸を生業《なりわい》にしているらしき者達だっている。

尤《もっと》も祭りの理由を門にいた衛兵に教えられたフェアド達の目的は迷宮ではなくかつての仲間だ。

しかしその仲間がまた問題児だった。

「さて。どうしたものかのう」

「どうしましょうかねえ」

困ったぞと街の喧騒《けんそう》を眺めるフェアドとエルリカ夫妻。その原因は街に入る際にシュタインの半裸が問題になったことでも、サザキの酒に密造酒の疑いがかけられたことでもない。

「今あいつ、なんて名乗ってんだ？　五年前はルカだったな」

「知らないね」

「同じく」

首を捻るサザキ、ララ、シュタインも同じく困っているがそれもその筈《はず》。仲間であった彼らですら把握できていないほど、その相手は名前をよく変えるのだ。

「今あいつ、なにやってんだ？　前はなんか売ってたみたいだが」

「知らないね」

「同じく」

再び似たようなやり取り。

しかもその人物、戦後は各地を転々とする生活を送っていたため、安定した定職といったものを持っていなかった。

轟《とどろ》く大地教が所在を把握できたのは神の奇跡に近く、偶々《たまたま》その人物と面識があった高僧がこの街で見かけたからである。しかし、高僧は声をかけるのを憚《はばか》ったため、フェアド達は仲間の詳細な所在を知ることができなかった。

つまり、名前不詳で住所不定、職も定かではない老人なのだ。衛兵が聞けば眉をひそめることだろう。

「本屋に行って事実だけを羅列して聞いてみますか」

「そうだのう婆さんや」

どうしているか定かではない仲間を探すため、エルリカは幾つかの事実だけを引っ張り出して、本屋で尋ねることにした。

「もし、そこのお方。自筆の武勇伝を押し売りしようとしたり、妙に派手なことを言ったりして、ホラ吹きのあだ名がついている九十歳ほどの老人を知りませんか？」

「雑貨屋のホラ吹き爺《じじい》のことか？　知り合いなら言っておいてくれ。名前がころころ変わる主人公とか売れねえってな」

(儂《わし》の仲間、分かりやす過ぎじゃろ)

どうやらサザキ、シュタインに続きまたしても即座に特定できたらしく、フェアドは自分の仲間に特徴がありすぎると今更ながら実感した。

「ここかのう。いや、ここじゃろうなあ」

「ですねえ。いかにも彼が営んでいる雑貨屋です」

大通りから離れた場所に位置する小さな雑貨屋、ということになっている店を見上げるフェアドとエルリカは、目的の人物らしさが溢《あふ》れていると評する。

「ふうむ。剣や武具、薬、本、日用品、酒、魔道具。看板が多すぎる。昔からそうだ。とりあえず手広くやって、ダメそうならその時に考える」

「魔本もあるらしいけど色々と許可とってるんだろうね」

シュタインが雑貨店ということを考慮しても、少々多すぎる看板の種類を確認すると、専門家のサザキとララが興味を持つ。

「ほほう。酒だって？」

「それじゃあ入ってみるかの。お邪魔しますぞい」

フェアドは雑貨屋の店主が目的の人物かを確認するため店に足を踏み入れる。

雑貨屋の店内は一言でいえば、まさに雑である。それぞれの量は少ないが看板通りの品々が所狭しと置かれ、統一感がない雑多な空間が出来上がっていた。

そんな雑な雑貨店の店主は中々の洒落者《しゃれもの》だ。

肩まで伸ばした髪は金に染めて、服も庶民が着るにはきっちりしたもの。大きな青い宝石の指輪を人差し指に嵌め、耳にもイヤリングが輝いている。

しかし、九十歳のしわくちゃ翁《おきな》であり、無理に若者のスタイルを真似しているような感が否めない。

「はいよいらあああああああああああああああ⁉」

雑貨屋の店主は歳の割に張りのある声で客を出迎えようとして、フェアド達を認識した途端に絶叫を上げた。

「げえええええええええ⁉　なんで⁉　なんも悪いことしてねえぞ俺！」

「怪しすぎるじゃろ。何やったんじゃ」

「だからなんもしてねえって！」

「ならなんでそんなに焦っとるんじゃ」

「全員揃《そろ》ってるとか、俺に対する必殺の布陣じゃん！」

「必殺じゃない奴の方が少ないわい」

「……それもそうだな。うん。いや違う！　なんで全員いるんだよ！」

ブラウンの瞳をこれ以上なくかっぴろげた老人はカウンターに隠れて頭だけ出し、これまた歳に似合っていない若造のような口調で、フェアドにかつての仲間達全員が勢揃《せいぞろ》いしている理由を尋ねた。

その様子はまさに疚《やま》しいことがあると言っているようなものだが、実際のところこの老人は何もしておらず、ただ自分がどうしようもない状況に陥っていることに怯《おび》えているだけだ。

「死ぬ前に友人知人に挨拶しようと思っての。最終的には隣の大陸にひ孫の顔を見に行くつもりじゃ。それと煮え立つ山のアルベール殿のところに行くことが確定しておるの」

「あ、ああそう。なんだ。なるほどな。しかし、煮え立つ山のアルベールさんに会いに行くだって？　シュタイン、腹を括ったのか」

「まあな」

フェアドから説明を受けた店主は、ほっと息を吐《つ》きながら安堵《あんど》する。

「しかし、いや、だが……うーん。アルベールさんかあ……全員が行くのに俺が顔出さないと流石《さすが》に不義理だよなあ……他にも何人か……でも今更……うーん」

店主は悩んだ。

人付き合いが煩わしく、各地を転々として名前まで変えるような人生を送ってきた彼でも、何人かの大事な付き合いがある。そこへかつての仲間が訪ねるというのに、自分一人だけ顔を出さないのはよくないという思いがあった。

それに口にはしなかったが、人生で唯一の仲間と言っていいフェアド達が再び一緒に行動しているのに、自分だけが仲間外れなのは面白くなかった。

「よし分かった。それなら俺も同行してやろうじゃないか！　ララだけじゃ不安だからな！」

「おお。歓迎するぞい」

「私はあんたも不安だよ」

腕を組んで胸を張り、旅への同行を宣言する老人を歓迎するフェアド。一方、誰も正気でいられない筈の魔道の深淵《しんえん》にいながら、唯一の常識人と思われているララは、お前も問題児だと突っ込む。

「じゃあ名前も戻しておくか。今日からまたマックスだ」

「いったい幾つ名前があるんだよお前」

「正直分かんね。一日しか使ったことのない名前とかあるしな」

かつての名、勇者パーティーに所属していたマックスという名に戻った男は、呆《あき》れているサザキに肩を竦《すく》める。

そして……。

「それじゃあ閉店セールで在庫を捌《さば》いて整理するから、店員よろしくな！」

「ほ？」

「はい？」

「は？」

「はん？」

「うん？」

御年九十歳以上のジジババパーティーは、マックスの言葉がよく聞こえなかったらしい。

だが聞こえていなかろうがここに、勇者パーティー臨時店員雑貨店が期間限定で開店することが決定したのであった。

そんな店員がとんでもないことになった雑貨店〝とてもすごい店〟。大通りからは外れた位置にある冗談のような名の店は、実は意外と重宝されていた。

店主であるマックスが歳不相応に元気でかなり夜遅くまで店を開けている上に、統一感がないほど色々なものを置いているため、買い忘れや急に必要になった物を補充するのに便利なのだ。

「じゃあフェアドとエルリカは品出し。サザキは武器。ララは薬とか魔法関係。シュタインは倉庫を頼む」

荷物を置いた五人の従業員が、早速店主に配置を指示される。

これはさぞかし繁盛しているのだろう。なにせ人件費だけでも恐ろしいことになる。正確には換算できないが、一人一人に給料を渡すとしたなら、王侯貴族でも躊躇《ためら》うかもしれないほどだ。

「いらっしゃいませー」

「いらっしゃいませ」

客に挨拶をしている勇者フェアドとその妻エルリカ。

「酒の専門店やってみたかったんだよなあ」

酒瓶が置かれている場所でうろうろする神速の剣聖サザキ。

「まさかとは思うけど、大戦中の魔本はないだろうね」

危険物がないか確認している消却の魔女ララ。

「これはどこだ?」

倉庫から商品を持ってきた無波《むは》のシュタイン。

「あら、人がいっぱい。ひょっとしてお友達の方ですか?」

「ええそうなんですよ! 昔のダチがちょっと手伝ってくれてまして!」

そして常連と話している店主のマックス。

店員全員が勇者パーティーメンバーという、間違いなく歴史上最も大器小用なできごとが起きていた。

「ほっほっほっ。店員としていらっしゃいませと人生で初めて言ったわい」

「ほほほほ。私もです」

尤もその中心人物であった勇者フェアドは現状を楽しんでおり、エルリカと朗らかに笑っていた。

農村に生まれ青春を全て戦いに費やしたフェアドは、店員のようなことをした経験が全くない。

その新鮮さを経験できるのも、世が平穏になった証だろう。

「お邪魔しますね」

「いらっしゃいませ」

「いらっしゃいませ」

そんなフェアドとエルリカが子連れの婦人に挨拶をする。

元勇者に対応されているなどと婦人が知れば、ひっくり返って白目をむきかねない。しかし、ちょっと魂が抜けたくらいならどうにかできてしまう者達がいたため、その点では安全だろう。恐らく。

「おじいちゃん。これ、おうまさん？」

「そうじゃのう。お馬さんじゃ」

この老勇者、小柄でニコニコと笑っているので人当たりがよく見え、今も小さな木彫りの馬を指さす子供に話しかけられていた。

「ゆうしゃさまもおうまさんにのってた？」

「勇者様は馬車で移動しておったからの。その時に乗っておったかもしれん」

「へー」

子供も目の前の小柄なしわくちゃ爺の正体に気が付くはずもなく、元勇者に勇者のことを無邪気に尋ねていた。

（うちの弟子がいなくてよかったよ。開店前から並んでただろうさ）

元勇者の接客を横目で見ていたララは、弟子のアルドリックがいれば店の中でうろうろするだろうと思っていた。実際それは間違いなく、ララに邪魔だから帰れと尻を蹴飛ばされるまでがセットだっただろう。

「あのう」

「うん？」

店員として仕事しなければならないのはフェアドだけではない。ララは遠慮がちに掛けられた声に振り返り、中年男性に応じる。

「虫刺されの塗り薬はどれがいいですか？」

「塗るのが誰か、部位、虫の種類によるね。小さい子供なら勧められないやつもある」

「あ、自分です。腕のここが、多分痛虫《いたむし》に刺されました」

「一応聞くけど今まで何か薬を使ってかぶれたことは？」

「ありません」

「特定の食事で体の調子が悪くなったことは？」

「それもありません」

「ふむ。一般的なのは火消し草の塗り薬だね。匂いがきついけど痛虫程度ならこれで十分だ。もし匂いがきつくないのを聞いたことがあるなら忘れな。きちんと処理すればするほど匂いがきつくなる塗り薬だから、薄いのは中途半端なものになる」

「え？　そうなんですか？　じゃあ前に効かなかったのは……」

「子供用か未熟者の作ったやつか。まあ色々と考えられるね」

「ありがとうございます。これ買っていきます」

「はいよ」

てきぱきと接客するララ。

魔女は魔法だけではなく様々な薬品の専門家だ。ましてやこの世の最深淵部にただ一人存在する消却の魔女ララともなれば、知らないことの方が少ないと言っていい。その知識は、人類が経験したことのない毒や神の呪い、世界を消滅させる術式に対抗するためではなく、単なる虫刺されの薬で発揮されていたが。

客が離れたのを見計らってサザキがララに近づく。

「薬の取り扱い許可証とか持ってたか？」

「あんたに初めて会うより前から一番上等なのを持ってたよ」

「そうだったのか。俺もなんか資格の一つぐらい持ってりゃ格好がついたな。酒愛好会の名誉会長とかどうだ？」

「それが実在したとして、名誉職は資格とは言わんね」

若干首を傾げているサザキに対し、ララは単なる事実を述べる。

ララは薬品の取り扱いに対する許可証を所持していたがその腕前を披露する機会がなく、夫であるサザキですら確認を取ったほどだ。

それが意味するところは、かつての勇者パーティーは薬に頼ることがほぼなかったということである。

「フェアドといたら妙なことになる」

「あんたが言うならそうなんだろうね」

ニヤリと笑うサザキにララは肩を竦めた。

サザキは親友であるフェアドの周りで巻き起こるハチャメチャを誰よりも見てきたと言っていい。

そんな彼でも、まさか今更この歳で店員をすることになるとは思っていなかったが。

しかしこのサザキ店員、大問題があった。

店の酒を勝手に飲んでいたりとかそういう類ではない。

「しかし酒は酒だろうに、人気あるのと無いやつの違いが分からんな」

「酒愛好会の名誉会長は言うことが違うね」

あれだけ酒酒言っているのに、銘柄や特徴といったものを全く気にしないせいで詳しく説明できないのだ。そのため客に酒のことを質問されても、全部美味いで片付けようとしてしまうだろう。

サザキが活躍できるのは、冒険者達が街で活動し始める夕方に、剣や武具を店の表に引っ張り出してからだ。

「そろそろ昼休憩しようぜ！」

昼食を食べるために一時的に店を閉めたマックスは、かつての仲間達に笑顔を向けながらそう言った。自分からほぼ連絡を絶っていながら、毎日会っていたかのような雰囲気だ。

「そんでもってありがとな我が仲間達よ！　午後からもよろしく！」

そしてこの昼食だが、ついに全勇者パーティーが半世紀以上ぶりに集結した記念すべきものだが、相変わらずパンやサラダ、スープ、酒、鶏の胸肉と代わり映えがしない。

「意外と客層が普通だな。てっきりアウトローな連中ばっかりだと思ってた。ひっく」

「だろ？　まあでも午前中限定だ。夕方からは冒険者が街を出歩き始めるから、一気に客層が変わる」

サザキは酒を飲みながら、午前中に来客した子連れの主婦や中年男性を思い出し、気性の荒い冒険者の街にしては一般的だと感想を述べる。しかしこの街で生活しているマックスは、冒険者が朝と昼に迷宮へ赴き、ほとんど地上にいないことを知っている。

「普通の市民は冒険者を避けて、朝と昼に活動しているのか？」

「そういった面も少なからずあるだろうな。命のやり取りをしてる奴らの雰囲気は、普通の人間にはきつい。特にこの街は、言ってしまえば戦場がすぐそこにあるようなもんだ。その戦場の空気を纏《まと》ったまま、すぐ街に帰ってくるから余計にきついだろ。ああでも、結構な人間が慣れちまってるぞ」

「なるほどな」

鶏の胸肉に満足していたシュタインが、マックスに街の一般人と冒険者について尋ねる。

街の傍に迷宮があるということは、その中で殺し合いをしたばかりの人間がすぐに帰ってくるということだ。これは一般人にしてみれば中々のストレスで、気の弱い者などは冒険者を避ける傾向にあった。

「儂も戦場から帰ってきたときはそうだったのかのう」

「お前、その」

「爺言葉が似合わんは聞き飽きたから言うなよマックス」

「ぷっ。そりゃ言うだろう」

はて、自分が戦場から帰ってきたときは殺気立っていたかと首を傾げるフェアドに、マックスはそんなことより爺言葉が似合わないと言おうとした。しかし、サザキとシュタインから突っ込まれているフェアドはうんざりした顔になり、彼の言葉を遮った。

「まあ真面目な話、当時は戦場帰りを憧れと頼もしさ以外で見てた奴はいないだろう。なんせ強いのがいなけりゃ人間は滅んでた。ビビってる暇もない」

マックスは、同種に怯えることができるのもまた、平和になった証だという持論を述べる。

それも決して間違いではないだろう。大戦中に戦場から戻ってきた者達は等しく敬意を向けられる存在だ。それに戦場の雰囲気をそのまま持って帰ってきても、どこもかしこもで当たり前すぎて怯えられるようなことはなかった。

「私はフェアドのことを怖いと思ったことはありませんよ」

「そうかの。ほっほっほっ」

「ほほほほほ」

「なあシュタイン、飲みに行こうぜ」

「サザキと行ってこい」

「いや、サザキも惚気《のろけ》てくる可能性があるから駄目だ」

「……」

急に惚気始めたエルリカとフェアドに、今度はマックスがうんざりしたようで、シュタインを飲みに誘った。そしてマックスの言う通り、サザキは手紙でとんでもない惚気というかやらかしをしたばかりなため無言で酒瓶を呷《あお》る。

（サザキが無言だって？　なんかやったな。ララは……いつも通りだ。ってことはララもなんか言ったな）

マックスの素晴らしい洞察力が発揮された。

サザキから即座に否定の言葉が返ってこなかったことを不審に思ったマックスは、普段なら絶対に揶揄《からか》うはずの話題に食いつかないララが、我関せずと食事を続けていることにも違和感を持つ。

そして、二人が喧嘩《けんか》をしている雰囲気ではなかったことを考えると、導き出される答えは限られている。

（夫婦仲がよくてなによりと思っておくか）

心の中で肩を竦めるマックスは、人付き合いが煩わしくて名前を変え、各地を転々としていた男だ。そのため連れ添った女もおらず子供もいない。しかし、友人達の夫婦仲がいいことを祝福することくらいできる。

「ところでマックスよ。ひ孫へのお土産になりそうなものはあるかの？」

「歳が幾つかによるだろ」

「五歳にもなっていない筈です。ねえお爺《じい》さん」

「そうじゃのう婆さんや」

（そういやフェアドとエルリカの子供は遅かったな）

フェアドに問いかけられたマックスは、彼らの子供と孫の年齢を思い返す。

かつての大戦が終結しても、諸々の理由でフェアドとエルリカの間に子供ができたのは、彼らが三十代の頃だ。そしてその子も隣の大陸で色々と駆け回ったので、若干孫とひ孫が生まれたのが遅かった。

「偉大なる冒険物語でいいじゃないか」

マックスがフェアド達の子供のことを思い出しながら、子供用の物はと考えていた横で、ララがニヤリと笑う。

「ああそうだ！　偉大なる冒険物語があるじゃん！」

それは名案だと手を叩《たた》くマックスとは正反対に、フェアドの顔は渋面になる。

「覚えて居《お》る限り、主人公の名前が十回くらい変わってたぞ。ひ孫に読み聞かせたら混乱するわい」

「まあ……俺も反省してる。ちょっと。そこだけ」

フェアドが渋面している冒険物語という本は、偉大なる勇者パーティーの旅をマックスが記した実録。では全くない。

「私も魔道の知識が眠っている海底都市とやらに行ってみたかったね。どこにあったんだい？」

「そりゃあ……あれだ。うん。ララでも知らない深い海底にあったぞ」

「ああ、黒渦の海の底に似たような話があったような」

「きっとそこだろうな。そうに違いない」

わざとらしくララが、マックスの旅した場所について尋ねる。

偉大なる冒険物語とは戦後のマックスが主人公となり、失われた天空都市や海底都市への冒険。神々に与えられる試練。出会いと別れ。秘宝を巡っての戦いに挑む物語である。実録と書いておきながら、そんなことは全くなかったのに。

しかもこの本、妙なところでリアリティを発揮してしまい、主人公がマックスと同じ頻度で名前をころころ変えてしまうのだ。

この実録と銘打っておきながら実際に起こっていない現実感のなさと、主人公の名前のせいで本は全く売れず、マックスはかなりの在庫を抱えていた。

「実際あった戦いを書くのじゃダメだったのかよ?」

「常時必死だったから殆《ほとん》ど覚えてねえんだよ!」

「なるほどな」

かつての旅を書けばよかったんじゃないかと思ったサザキだが、戦時のマックスに余裕は全くなかったため、詳しく書こうと思っても記憶がかなり怪しく難しかった。

「おっほん。できれば偉大なる冒険物語の在庫も処分したいから頼んだ!」

気を取り直したマックスの言葉に対し、答えは誰からも返ってこなかった。

「ぐすん。さて、それじゃあ午後も頑張っていこう……」

昼食を終えたマックスが薄情な仲間に嘘泣《うそな》きを披露して店に戻った途端、少し騒動が起きることになる。

「邪魔をする」

「なんでしょうか！」

（なんでだよ！　俺なにもしてねえじゃん！）

店に入ってきた複数の男を最敬礼で迎えるマックスは、頭の中で絶叫を上げる。

店の中でも白く輝くような立派な鎧《よろい》に、この国、リン王国の象徴である青い龍《りゅう》の紋章を胸に輝かせている男達が単なる衛兵であるはずがない。

彼らはリン王国王家直轄の騎士で、様々な物が産出する迷宮都市で違法なことがないかを厳しく取り締まっている存在だ。その権限は凄まじく、冒険者を統括している冒険者ギルドですら目の上のたん瘤《こぶ》に思っているほど、あちこちに口を挟むことが可能であった。

そんな騎士が、大通りから離れた雑貨屋に足を踏み入れるなど理由は限られている。

「急に閉店すると小耳に挟んだ。理由を聞いても？」

突然に閉店を宣言したマックスは、不正行為か夜逃げしようとしているのではと疑われているのだ。

（びびったあああああ！）

なぜ高位の騎士が、こんな雑貨屋に来たのかを察したマックスは、気が抜けて思わず膝から崩れ落ちそうになった。

この金銀財宝に秘宝が出土する迷宮都市は、当然だがあらゆる犯罪の温床であり、あちこちで体制側の目が日夜監視を行っている。

そのお陰もあってかなり治安はいいのだが、騎士達は相当神経質になっていると言っていい。だが、そうでなければ一瞬で危険地帯になりかねないのが迷宮と関わる都市であるため、騎士達が警戒しているのは無理もなく必然であった。

「いやあ、昔の友人が訪ねてきて、死ぬ前に世話になった人へ挨拶してると言うんですよ。それでどうせなら自分も一緒に行こうと思いましたが、ちょっと長くなりそうなんで店を畳もうと思ったんですよ」

「儂らのことですじゃ」

「なるほど。念のため、店の裏を見せてもらっても？」

「どうぞどうぞ！」

騎士を案内するマックスに、その点で疚しいことなどない。薬や酒を取り扱う許可証は伝手《つて》を使って入手した正規のものだし、犯罪に関わる物品も存在しない。

それに、店内にはどう見てもお迎えが近い老人ばかりで、死ぬ前の挨拶という言葉にはとてつもない説得力がある。

実際騎士達も閉店する理由に納得していたが、違法な品を取り扱う店が急に夜逃げする実例がそこそこあるため、手を抜くようなことはしない。

「協力、感謝する」

「いえいえ、お仕事お疲れ様です！」

だが本当にマックスの店に疚しいことはなく、騎士達は問題なしと判断して去っていった。

「なんだ。しょっぴかれなかったのか」

「冗談になってねえよサザキ。王宮直轄の騎士だぞ。マジのガチで焦った。心臓バクバクしてるし」

ニヤニヤ笑うサザキに、悪態を吐く余裕がマックスにはない。老い先短い遊び人のようなマックスは、衛兵や騎士に会うと平静でいられないらしい。

「しかし、たまに話で聞くタイプじゃなかったな」

「王国の精鋭だぞ。そうそういるか」

頬を吊《つ》り上げたままのサザキの言葉が意味するところは、賄賂や横柄な要求をしてくる衛兵や騎士のことだ。それを正確に読み取ったマックスは、最上級の騎士にそういった類の者は殆どいないと口にする。断言しないのは人と組織の正義や善性が、殆どの場合で維持されないことを知っているからである。

「マックス、夕方からの剣はどこに置く？」

「奥の方の空いたスペースに頼む。それと、子供はその時間立ち入り禁止だ」

「分かった」

汗を拭う仕草をしたマックスはシュタインに夕方からの品出しを頼む。

武器の類は子供が訪れる朝や昼には危険なため、時間を調整していた。

「サザキ、一応言っておくけど単なる量産品だぞ」

「なんだ。お前の素晴らしい冒険で見つけた伝説の剣はないのか」

「フェアドに見せてもらえよ」

剣と聞いたサザキの意識がそちらに向いたことを把握したマックスは、店の商品はそんな大したものじゃないと打ち明ける。

その時である。

「サザキ」

「ん」

小声ながら鋭いシュタインの呼びかけに、サザキは短く頷《うなず》いた。

「え？　なに？　なんだ？」

「筋肉が後ろ向きな者が入ってきた」

「意識もだな。こりゃあ、あれかね」

マックスだけが状況を認識できていなかったが、シュタインとサザキは異常な感覚で入店してきた男の奇妙さを捉えていた。

彼らの言葉を借りるなら、男の体と意識は常に入り口、もっと言えば外を向いている。それなのに何食わぬ顔で入店してきたということは、だ。

常に逃走経路を確保したい心理が働く者を意味する。

「お客さん、ちょっとお話聞かせてもらえませんかねえ？」

いい笑顔のマックスが、手ぶらで欲しい物がなかったらしい客が外へ出た瞬間に呼び止めた。

「はい？」

四十半ばを過ぎた男は、マックスに呼び止められたことが不思議だと言わんばかりに首を傾げる。

だがマックスはやったやってないの問答に付き合うつもりはないし、何よりある意味での最終兵器がいるのだ。

「なにをされたのですか？」

「え？」

店の奥からよちよち歩きでやってきたしわくちゃの老婆、エルリカに問いかけられた瞬間、男の体と舌は彼の意思を離れた。

「い、いや、その、安売りしてるんだから、わざわざお金を払うのがもったいないと思って盗みました」

男が袖から幾つかの小物、未精算の商品を取り出す。

「飢えや生活に困ってですか？」

「べ、別にそういったことではなくて……」

「やむにやまれぬ事情もありませんか？」

「いえ、特には……」

「これが初めてですか？」

「他で十二、三回くらいは」

「盗賊ギルドや非合法な組織に所属していますか？」

「いいえ」

男は言い訳の言葉ではなく、単なる事実を口にする。

既に忘れられた伝承だが、最高位も最高位の司祭や聖人を前にした罪人は嘘を言えないと伝えられていた。その徳か聖なる力、はたまた背後にいる神の威光は、単なる人間では抗えないのだ。

尤も過酷な経験をして、なおかつ盗賊の神の加護を受けているような達人などは、強力な自己暗示を使って逃れられたという。

「あとは俺がやっとくよエルリカ」

「分かりました」

マックスに頷いたエルリカは、強力な力の行使は必要ないとしてこれ以上のことをしなかった。

（俺のは趣味みたいなもんだが、気楽に他でも盗んでるのは話になんねえな。こいつは衛兵に突き出すとして……よくよく考えたら俺の店、今とんでもなくヤバくね？）

盗人の処遇を考えていたマックスは、今更ながら今現在の店の状況に気が付き、自分と仲間が集結している意味を再確認するのであった。相手は単なる盗人だったが。

そして幸いその後は騒動なく、ジジババ店員達は仕事をこなしていく。

（懐かしいの）

昼が過ぎて太陽が傾き始めた頃、フェアドは懐かしさを感じた。

（戦場《いくさば》の空気じゃ。最後に感じたのはいつだったか）

ぴりつき。ひりつき。ぴりぴり。まるでそういった文字が浮いているかのような気配は、かつてフェアドが毎日感じていたものだ。

（とはいえ少し違うの。いい意味で欲と余裕がある空気というべきか。今日死ぬという切羽詰まったものではない）

そのかつて、七十年ほど前の大戦と違うところがあるとすれば、命を懸けたあまりにも純粋な生きるための殺気ではなく、金や名誉などの欲が混じっている闘志といったところか。

「懐かしいですね」

「そうじゃのう」

フェアドの傍で商品の前出しをしていたエルリカもそれを感じたらしく、懐かしそうに外へ視線を向ける。

奇しくも多くの冒険者達が迷宮から地上に戻ったタイミングであり、街の雰囲気ががらりと変わり始めていた。

「酒よし。剣よし。筋肉よし」

「ちょ、ちょっと待って。最後に言ったのはなんの在庫のことだ？　鶏の胸肉とか売ってないぞ？」

「私の夕方の筋肉のことだ」

「ああ、はいはい……」

冒険者の需要を満たすため、倉庫から商品を品出しして確認を行うシュタインの言葉に、マックスは一瞬なんのことか分からず尋ね……そして呆れる羽目になった。

「おっほん。うちに来るのは駆け出しの冒険者だな。上位の冒険者は表通りの大店《おおだな》と馴染《なじ》みだから、うちなんぞには関わりがねえ」

「その大店の方なら伝説の剣があるんだな」

「だからフェアドに見せてもらえよサザキ。まあ、偶《たま》に迷宮の深層で出た聖剣やら魔剣やらが売ってたりはするらしいぞ。あ、そういや〝迷宮の炉〟って店で聖剣が売ってるって話を聞いたな」

「冒険者が売ったやつか。となると予備にもならないのを手放した感じか」

「ご明察。聞いた話だけど、持ち主の生命力を強制的に吸い取って、光の力に変える聖剣とかが売られてるとか」

「それ聖剣っつうか魔剣じゃねえか」

「言えてる」

店に訪れる冒険者が若手ばかりなことと、大店で売られている迷宮産の武器を説明したマックスは、サザキと共に肩を竦める。

迷宮で眠るのは金銀財宝だけではなく、特殊な武器も含まれている。だが強力な武器は冒険者にとって生命線であり、まず市場に流れることはないと考えていい。つまり、大店で販売されている迷宮産の聖剣や魔剣といったものは、なにかしらの曰《いわ》くや理由があって売られているとみてよかった。

「しかし、そうか。一応聖剣やらなんやらがあるのか。おーいララ、空いた時間に見に行かねえか？」

「ああいいよ」

珍しく酒以外のことで興味を持ったサザキがララを誘うと、彼女は特に嫌がることなく承諾する。

（やっぱなんだかんだ仲いいよな。サザキ以外がララを誘っても、一人で行ってこいで終わりだ。いや、エルリカならララも付いていくか）

そのやり取りを見ていたマックスは、独特な関係を維持している夫婦の仲を再確認した。

「お邪魔しまーす」

「はい、いらっしゃい！」

マックスは店の入り口から聞こえてきた声で思考を切り替えると客を観察する。

（二十歳にならないかくらいの若い男が四人。冒険者ギルドの訓練生か駆け出しだな）

大人とも言えないが小僧とも言えない年若い男達を見たマックスは、彼らが冒険者ギルドの訓練生か新人冒険者ではないかと予想した。

（濁った人の血の匂いはしねえが、薄くモンスターの血の匂いはするな。駆け出しか）

（鍛えこまれたばかりだが中々の筋肉だ）

サザキとシュタインもまた彼らをそう評する。

迷宮に挑む者達はある意味において一次産業の従事者であり、当然ながら人的損失はそのまま産業の衰退に繋《つな》がる。そのため冒険者ギルドになんの実績もなく訪れた者達は、非常に厳しい訓練を施される訓練生を経ていないと迷宮に挑むことができない。

単に無策で人的資源を消費するのは無駄であり、新人に迷宮で生き残る術《すべ》を叩きこむ余裕が冒険者ギルドにあるのは幸いだった。そうでなければ、夥《おびただ》しい数の新入りが迷宮に飲み込まれていただろう。

「古着は……」

「俺、薬の方に行ってるから」

そんな彼ら四人はマックスの予想通り訓練生を終えたばかりの新人冒険者で、この店が閉店セールを行っていると小耳に挟み、細々《こまごま》としたものを買いに訪れたのだ。

「あ、剣も安くなってるぞ」

「本当だ。どうしよう。予備に買っておこうかな……」

若い男の二人が、鞘《さや》に納められている剣も安売りされていることに気が付いて足を止める。

元々この世界は、各地に現れるモンスターと戦うために武具の生産が盛んだ。それに加えて迷宮都市は、迷宮から産出する武具や、冒険者向けに作られた剣で溢れているため、量産品の剣ともなればかなりの安値で購入することができる。

それが更に閉店セールということで安くなっているのだから、駆け出し冒険者の彼らでも余裕をもって購入できる金額まで落ちていた。

そんな彼らにサザキが近づく。

「悪いことは言わねえ。予備じゃなくて完全に買い換えろ。硬いのにぶつけたか雑に扱ったかは知らんが、剣全体が弱くなってる。どっかのタイミングで完全に折れるぞ」

「えっと」

若い男たちに声をかけるサザキは、酒瓶を片手に寝っ転がっていなければ、長身で背筋がしっかり伸びている古強者《ふるつわもの》といった雰囲気があるといえばある。

若き冒険者達はいきなり剣を買い換えろと言われて納得こそしなかったが、その雰囲気に気圧《けお》されたのか反論もできなかった。

「ど、どうしてそれが分かるんですか？」

「歳食ってたらどんなものが斬れるか分かってくる。そんでその剣は脆《もろ》くなってるから斬りやすい」

疑問を覚えた男がサザキに問うものの、その答えはなんとも言えないものだ。

しかし、理屈にもなっていない理屈は冒険者の間では通りがよかった。最上級冒険者や達人と呼ばれる者はこれに類似する、もしくは全く同じようなことを言う者が多く、そういった言葉が冒険者間で渡り歩いているのだ。

「えー、貴方《あなた》の腕前は……」

若い男達にとって目の前のサザキがその達人という確証はなく、ついついサザキの腕前を知ろうとしてしまった。

「六十か七十歳以上の奴に腕前を聞くのは意味がねえから止めとけ。あちこちで恨まれてる可能性があるんだ。大したものじゃないとしか返ってこねえし、殺しの技なんだから人前で見せることもない。寧《むし》ろ自分を探ってるんじゃないかと思われて、ひどい時は斬られて実体験する羽目になるぞ」

「いっ⁉」

サザキの忠告は事実である。長生きをしている戦士ということは、それだけ方々からの恨みを買っている可能性が高い。しかもその状況下で生き残っている場合は、未だ実力を維持していることも十分に考えられ、自分を探ろうとしている者がいたなら消そうとすることもある。

「か、買っていきます」

「おう。そうしろそうしろ。剣は生命線なんだから、状態は必ず毎日確認しろよ」

少々血腥《ちなまぐさ》い話とサザキの圧に押された若い男は、代わり映えしない量産品の剣を手に取り購入を決定するのであった。

「あいつ、面倒見いいよな」

「ほっほっほっ。昔からの」

マックスとフェアドは、昔からぶっきらぼうな癖に面倒見のいい友人を見ていた。

サザキの助言で剣を買った若者が帰った後も、マックスの店にはぽつぽつと若い冒険者の来客があった。

「のうマックス。駆け出しの冒険者は礼儀正しい若者ばかりじゃな」

「そうだな。大抵は訓練場で鼻を折られて、上下関係を叩きこまれてる筈だ。田舎の腕っぷし自慢が冒険者になった後、実家の方に一旦戻ったら別人扱いされるってのをよく聞く。つまり若い頃のお前とは大違い」

「うっせえ。人のこと言えた口か」

「た、確かに。言わなきゃよかった……うっ、昔を思い出して頭が……」

年老いたよぼよぼにも礼儀正しい駆け出し冒険者達に、フェアドは今時の若者達は礼儀正しいのだなあと感心していた。そしてマックスによると、フェアドの若い頃とは大違いらしいが、彼自身も若い頃はやらかしていたのか人のことを言えないようだ。

「ええい。こっちはほっとけサザキ」

「そりゃ残念」

フェアドは、店内でうろうろしていたくせに急に顔を出してきたサザキの頬が吊り上がっていることに気が付くと、どこかへ行けとばかりに手を振った。

（けけけ。シャイニングスター結成時の話はまた今度だな）

実際フェアドの判断は正解だろう。もう少しでサザキだけが知っている、やんちゃ坊主最盛期のフェアドの逸話が漏れるところだった。

尤も農村の小僧だったフェアドに礼儀が身についていなかったのは当然で、大戦中もそういったことは重要視されていなかった。

「と、ところで相談なんだが……偉大なる冒険物語の在庫どうしたらいいと思う？」

「……売るのは諦めた方がいいと思うぞ。いっそ寄付とかかな」

「そんな……どうして俺はあの時、度々名前を変える主人公ってかっこいいじゃんと思ってしまったんだ……」

「いやまあ、偽名を持ってる主人公が陰ながら活躍するとかは理解できるが、十回もころころ変えたらやり過ぎじゃろ」

「だよな……ぐすん……」

過去が原因で頭を抱えていたマックスが気を取り直すように、現在頭を痛めている原因の処理法をフェアドに相談するとばっさり切り捨てられた。

しかし捨てる神あれば拾う神ありと言うべきか。なにかの奇跡が起こったのかもしれない。

「お邪魔します。ここに奇書の類があると街の書店で聞いたのですが」

「魔本なら幾つかあるにはあるよ」

身なりのいい眼鏡をかけた初老の男が、奇書を探し求めてやってきたらしい。それをララは魔法使いが魔法を行使する際、補助の役目を果たす魔本の類のことだと考えた。

だが初老の男が求めているのは全く違うものだった。

「いえ、誰にも読まれていない。もしくは存在を殆ど知られていない類のものです」

「はい！　はい！　ここにあります！」

マックスは男の言葉を認識した瞬間、喜色満面の笑みとなり手を挙げて宣言した。

（自分で殆ど読まれていないのを主張するのか……それにしても物好きの類じゃな。まあ、サザキ、シュタイン、マックスのような者がおる世の中じゃ。そういった者もいるか）

わざわざ妙な本を探し求めている者もいるのだなと思ったフェアドだが、酒好きのほぼホームレス、鳥の胸肉と牛乳好きの半裸、偽名で各地を転々とする男が仲間なのだ。そういった者も世の中にいるかと納得した。

そのサザキとシュタインも、珍妙な客に意識を割いていたほどだ。

「これですこれ！　偉大なる冒険物語！　いやあ、自分が若い頃に山越え谷越え、天の果てにある城から深海の海底都市まで冒険したものを纏めた本になります！」

（儂ならその説明で買わんぞ……）

（ですね）

マックスの軽い説明を聞いただけで、大抵の人間は買う気にならないと思ったフェアドとエルリカはお互いの目で会話していた。

「なるほど。それはさぞかし危険な目にあったことも書かれているのでしょう」

「そ、そうですなあ！　えーっと、そう……魔なるドラゴンとの死闘……とか！」

（言い方からして嘘くせえ……）

頷いている男の問いに、マックスはつっかえながら力説した。しかし、それを聞いていたフェアドにしてみれば、あまりにも取って付けたような説明で、しかも現実味が全くない。

かつての大戦中、非常に特異な行動を起こした種族がいた。

それが神話の時代から存在する、巨大にして強大なる頂点種ドラゴンである。

蛇とトカゲを組み合わせたような外見に長く撓《しな》る尾、鳥や蝙蝠《こうもり》のような個体によって違う羽。この世で最も鋭く城塞など容易《たやす》く嚙《か》み砕く牙。

更には城並みの巨軀《きょく》を誇るドラゴンは多数の特殊な能力、いや、神の権能に匹敵する力を持つ者が多く、鱗《うろこ》はあらゆる魔法や伝説の武器を跳ね返し、炎、氷、雷、毒などを伴った吐息は万物を悉《ことごと》く粉砕する。

そんなドラゴンは群れではなく個を優先しており、古来からリン王国のシンボルが青きドラゴンであるように、積極的に命ある者達に与《くみ》する者もいれば……その全く逆。大魔神王の軍勢に加わり、命と光の陣営に真っ向から戦いを挑んだ魔なるドラゴンと呼ばれる存在もいた。

その結果非常に珍しいことに同種が二つの陣営に分かれて、しかも手を抜くことなく本気で殺し合いの死闘が行われる事態が発生したのだ。

つまりドラゴンはドラゴンが相手をするのが常識であり、人間がそんなドラゴンと戦いましたと言ったところで生きているはずがない。誰も信じないホラなのである。

「分かりました。一冊買わせていただきましょう」

「え⁉ あ、ありがとうございまああああす！ ささ、どうぞこちらへ！」

だが例外もいるらしい。

男がどうして本を買おうと思ったのか分からないが、マックスは腰を深く曲げながら心変わりされては堪らないと急いで金勘定をしようとする。

まさに奇跡でサザキとシュタインは、本当に金を出すのか気になったのかマックスと男の様子を確認していたほどだ。

（……物好きもいたものじゃのう）

（……本当ですねえ）

一方、我が耳を疑ってしまったフェアドとエリルカは、お互い呆然《ぼうぜん》と顔を見合わせるしかなかった。

時刻は夕日が地平線に沈んだばかり。まだ日の熱気が残っている街中で、多くの冒険者が酒場で酒を飲み始めようとする時間帯だ。

「もう酒飲んでる連中ばっかりで殆ど客は来ないから、あとは俺一人で大丈夫だ。今日はありがとうな。また明日よろしく！」

「うむ。それではまた明日の」

そんな時間帯ともなればマックスの店に客は殆ど訪れず、いたとしても急遽《きゅうきょ》小物が必要になって駆け込み、すぐ帰るような者ばかりだ。

故に店長は従業員を労《ねぎら》い、臨時に雇われたジジババ店員達は確保していた宿屋に戻ることにした。その前に。

「俺はララと剣を見て帰る。冷やかしだから飯の時間までには戻るはずだ」

「了解した。なら儂らは一足先に戻っておくとしよう」

サザキとララは大店にある聖剣や魔剣の類を見てから帰るようで、一旦彼らは道を別にする。

煌《きら》びやかな武具の数々が店の中を彩っている。

冷気を帯びているかのような白と青の入り混じった剣、燃え盛るような赤い槍《やり》、薄っすらと光り輝いているかのようなメイスを筆頭に、どの武器も強い輝きを発しているかのようだ。

それもその筈。迷宮で産出される武具は魔力を帯びていることが多く、そこらの武器とは存在感からして違う。ましてや特に強力なカテゴリーに分類される聖剣や魔剣の存在感はその比ではない。

以前にも述べたが強力な武器は冒険者の生命線であるため、この場にあるのは最上位の冒険者が不要と考えて売り払った武器が多い。故に一線級の武器は取り扱っていても、切り札になるようなものは殆ど取り扱っていなかった。

だが切り札になる武器がなくとも、一線級の魔法武具を扱っている店がただの店のはずがない。

迷宮で産出された武器を専門に扱う大店、迷宮の炉はこの都市でも最も大きな力を持つ店の一つで、これに比べるとマックスの雑貨屋などは吹けば飛ぶような存在である。

「いらっしゃいませ」

深々と従業員から頭を下げられる客もただ者ではない。

鍛え抜かれた冒険者の中でも特に筋骨隆々で、強い力を感じさせる毛皮を纏っている戦士。神の祝福が与えられた白い司祭服を纏い、メイスを腰に提げている修道士。今現在は武装していないのに、一目でただ者ではないと思わされる武人などなど。

上位の冒険者は迷宮の深部から地上に戻ってくるため、街では他の者達より夜遅く行動することが多い。つまり、今現在店内にいる者達は上位か最上位の冒険者なのだ。

「……」

パーティーが違う冒険者達は店内で絡むことはなく無言だ。街一番の武具店でいざこざを起こして立ち入り禁止になるなど愚の骨頂であり、その程度のリスク管理すらできないのであれば、今彼らは生きていない。

それに店内には屈強な警備員が多数いるため、単なる口論程度なら仲裁して間に入るし、そこらのちんけな盗人なら即座に制圧することができる。

「ありがとうございました」

退店する客に深々と頭を下げる店員。

多くの者から意外に思われているが、店主は武器を生み出すことを得意とするドワーフではなく人間だ。

そして迷宮都市での大店のトップともなれば、非常に大きな商談か最上級の冒険者が絡まない限り現場に出ることはなく、責任者として執務室に君臨していることが多い。

だから迷宮の炉の店主、ベアディは変わり者である。いや、変わり者だからこそ迷宮都市で大店を構えるまでになったのかもしれない。

単なる店員に扮《ふん》して頭を下げている四十代の男こそが、その店主ベアディなのだ。

勿論《もちろん》理由は色々とある。

訪れる高位の冒険者が取引に適しているかを見極めていたり、従業員がきちんと仕事をしているかの確認。そして客が珍しい武器を持っていないかが気になったりなどだ。どちらかと言うと最後の比重が大きい程度には変わり者だった。

しかし、今日訪れた客はとびっきりの変わり者だった。

選び抜かれた屈強な警備員。

城塞の如き超高度な魔法による防犯対策。

輝く武具の数々。

迷宮の最深部で戦う人類の上から数えた方がいい強さを誇る上位の冒険者達。

その全てが等しく……一瞬で〝斬れる〟と認識されたなど誰が思う。

「冷やかしだから気にせんでくれ」

飄々《ひょうひょう》と入店する神速の剣聖サザキにとって、何もかもが駆け出し冒険者の持っていた剣と同じ。

斬りやすい存在でしかなかった。

（誰だ？）

冒険者やベアディは突然来店したサザキとララの老夫婦を観察する。

老年でも魔法使いは寧ろ強力であることが多く侮れない存在になるため、彼らが思ったのは侮りではなく純粋な疑問だ。

（俺が死んだ後に、カールの坊主に贈る剣があればと思ったが……まあそうそう見つかるはずもないか）

一方、面倒見のいいサザキが店を訪れた理由は、弟子のクローヴィスに預けたカールに、自分の死後に贈る剣がないかと思ったからだ。

数々の弟子を育て上げたサザキは、カールがどのような剣士になるかもある程度把握しており、それに合う剣も予想ができた。

しかし、サザキをして自分に比べて蟻《あり》んこだと言わしめるカールに相応しい剣が簡単に見つかる筈もない。店内の煌びやかな武具は全て不適格だった。

「最後の弟子かい？」

「近所にいた小僧だ。弟子なんてもんじゃないさ。まあ、俺にあと二十年あったらなとは思うが」

「それはそれは。あんたがそう言うかい」

サザキがどうも人に贈る武器を見繕っているようだと気が付いたララは、最後の弟子でも取ったのかと思った。そして、素直な言い方をできないサザキに少々の未練があることに気が付き、どうやら大きな魚だったらしいと、その小僧ことカールに感心した。

「ふむ。お前さん的にはどうだ？」

「一級品だね」

店内の物が全て斬れると確信しているサザキは、魔法使いの視点ではどう見えるかとララに質問すると、彼女は単にそれ以上でもそれ以下でもないと評した。

「伝説の武器はないか」

「拘《こだわ》るねえ」

「なあに。男ってのはそんなもんだ。俺だけって話じゃない」

「なるほどね」

伝説の武器とやらに拘るサザキの力説に、ララは自分の息子を含めた男達を思い出して納得する。

「それで、例の聖剣擬《もど》きはどこだ？　それっぽい力は感じないんだが売れたか？」

「マックスの話を聞く限り、売れるような物とは思えないけど確かにないね」

「なにかお探しですか？」

今までずっとサザキを観察していたベアディが、冷やかしを宣言した客に声をかけた。

彼はサザキの実力を見抜いた訳ではない。ただ、サザキが腰に提げている珍しい鞘と握りの武器、刀に興味があったからだ。

「実際冷やかしなんだが……まあ、強いて言うなら知り合いの小僧に贈る武器を見繕ってた。それと聖剣って言っていいのか分からん奴があると聞いてな」

「申し訳ないのですが聖剣の方は売れまして」

知り合いの小僧というサザキの表現を、偏屈な師が弟子に剣を贈ろうとしているのだと判断したベアディだが、聖剣擬きの方は既に売れていたため頭を下げる。

「売れたのか。聞いた話だが妙なのだそうだが」

「はい。生命エネルギーを光の力に変換する聖剣でした」

「よく売れたな」

「はは……」

顎を擦《さす》って意外だと言わんばかりに尋ねるサザキにベアディはなんとも言えない表情になり、ベアディ自身も売れるとは思っていなかったことが窺《うかが》える。

「売れてこんなことを聞くのはあれだが、店主はどういうつもりで買い取ったんだろうな？」

「さて、私は店主に聞いたことがありませんので……」

ベアディは言葉を濁した。

聖剣というカテゴリーは秘めた力も、その名の通りやすさも他を圧倒する。だからベアディも、店の箔《はく》になるとついつい買い取ってしまったのだ。しかし、迷宮の奥深くで自分の生命力を吸い取る武器を扱う物好きはそうそういないだろう。

そのためベアディは聖剣擬きが完全に飾りになると割り切っていた。

しかしこのベアディの行動は、多くの武具屋が共感するものだ。武器を取り扱う者であるならば、誰もが一度は聖剣を取り扱いたいと思うのが共通認識で、この聖剣擬きを買い取ったベアディを馬鹿にする声は同業者から聞こえてこない。

「勇者は偉大ということか」

「そうですなあ」

頬を吊り上げたサザキにベアディは同意する。

聖剣が神聖視されるのは、かつて魔を打ち払った伝説の勇者もまた、聖剣を振るったと伝えられているからだ。

「勇者様の聖剣、一度でいいので見たいものですなあ。神々が作り出した、様々な原初の宝石が輝く純白の剣……」

「確かに。見てみたいもんだ」

熱の籠った吐息を漏らしそうなベアディに、サザキはうんうんと何度も頷く。そんな亭主をララは呆れたように横目で見ていた。

「ところで話は変わるが東方諸国の刀が流れてきたり、迷宮で産出されたりはしないか？」

「偶に他の店で出たという話は聞きますが、ここの迷宮で刀が産出されたとは聞いたことがありませんね。ここから少し遠いですが、大迷宮の方なら産出するらしいです。噂《うわさ》では虹色七刀に匹敵するものも大迷宮なら産出するとか」

「ふむふむ。虹色七刀クラスの刀か」

「ええ。とはいっても恐らく一番下の紫に匹敵するという話でしょうね。緑や黄色などは伝説の刀ですし」

話題を変えたサザキにベアディは食いつく。まさしくその珍しい刀の話をしたくてサザキに声をかけたのだ。

虹色七刀。

東方諸国が誇る刀文化の最極致に位置する七刀は、それぞれ虹に関する色を与えられている。最下級の紫ですら常軌を逸した切れ味を誇り、緑や黄色から上に至っては神話の武器と称えられている。

だがその殆どの所在が不明で、唯一明確に判明している紫は東方諸国において最も神聖なる場所に安置されていた。

つまり扱いが武器ではなく宝物であり、いくら凄まじい切れ味でも実戦に持ち込んではならないものだった。

「すまんな冷やかしに付き合ってもらって」

「いえいえ。お弟子さんの剣を見繕っていたのでしょう？」

「弟子なんて大層なもんじゃないさ」

知りたいことを知れたサザキは肩を竦めながら、ララと共に店を後にする。

「聞いたかよ。どうやら勇者様の武器はすげえらしいぞ。斬れないのも納得だ」

「言うと思ったよ」

ララは店を出た途端に頰を吊り上げて話しかけてきたサザキの言葉を予見していた。

感情を抜きに単に物理的なもので考えると、サザキはほぼ全てが斬れる。

大成した自らの弟子達や、魔法剣士として完成した息子もそれは変わらない。

途轍《とてつ》もなく面倒だがマックスも、エルリカも、そしてララも。更に途方もなく面倒だがシュタインも。

だが唯一、たった一人だけ、恐らく斬れないと思っている相手がいた。

かつての宿敵、大魔神王ではない。そもそも大魔神王を打倒しているからこそサザキはここにいるのだ。

だからこそ斬れない相手は、親友であるフェアドに他ならない。

繰り返すが感情を抜きにした物理的に斬れるか斬れないかの話で、サザキは多分フェアドを斬れない。断てないと思っている。

それはかつても、今も変わらない。

「ほっほっほっ。賑やかな街じゃのう婆さんや」

「そうですねえお爺さん」

よちよち歩きの老人であろうと、勇者は勇者なのだ。

一方そのフェアド、エルリカ、シュタインが宿屋へ戻るため夜の迷宮都市を歩く。

まだ冒険者は酒を飲み始めたばかりであることから、わざわざ年寄りの集団に突っかかるものもおらず、特に騒ぎらしい騒ぎもない。

ただ、シュタインの鋭敏な感覚はなにかを捉えているようだ。

「うむ。やはり見事な筋肉の気配が街中からするな」

「前から思っておったんだが、どうやってその街中の筋肉の気配とやらを察知できておるんじゃ？」

「筋肉に耳を傾けろ。そうすればお前とエルリカもできる」

「その信頼に応えることはできそうにないわい」

尤もシュタインは、常人が理解すれば正気を失ってしまいそうななにかを捉えているようで、それをフェアド達も理解できるようになると力説していた。

「言っておくが俺は大真面目に言っているぞ。自分の精神と体に向き合えば、相手のそれに向き合うことができる。つまり自分の筋肉に向き合いさえすれば、他の筋肉の波動を感じることも容易い。これぞ一心同体ならぬ一筋同体」

「そんなことはないじゃろう。のう婆さんや」

なおも繰り広げられるシュタインの力説に、フェアドは殆ど取り合わずエルリカに話を振ったところがである。

「……」

「あ、あれ？　エ、エルリカ？」

「広義的には……そういう考えもあるには……ある……かもしれません……主にモンクを抱える教団とかは……」

「え？」

皺だらけの顔を困ったように歪《ゆが》めているエルリカの言葉に、フェアドはポカンとしてしまう。

脳筋の意見を妻が肯定してしまったことで、脳が理解を拒んだのかもしれない。

「どうやらエルリカは理解しているらしい」

「いえ、あくまで超々広義的な話ですから……」

「ならば完全に否定できるか？」

「それは……なんとも。ほんの少し、ええ、本当に少しだけならそうなのかもしれませんが……」

うんうんと頷くシュタインに引っ張られているのではなく、エルリカも本当に僅かながら彼の理論を肯定してしまう。

「ほっほっほっ。賑やかな街じゃのう婆さんや」

「そうですねえお爺さん」

これ以上は正気を失ってしまうと判断したフェアドは、何事もなかったかのように冒険者が酒を飲み始めた街を眺め、エルリカも話を打ち切って同意した。

「ところで、宿に戻ったら聞きたいことがある」

「ふむ。分かったぞい」

「分かりました」

シュタインもまた話題を変えるつもりのようだが、フェアドはその声が妙に気負っていると感じた。

(なんだかんだで昔から一番生真面目な男だからな)

フェアドは半裸のモンクが、昔から仲間内で最も生真面目だと思っていた。

七十年前からサザキは飄々としているし、ララは達観しているため少し違う。エルリカの若い頃は真面目というか、硬直した使命感で動いていたから彼女も少々違う。

後はマックスが妙なところで責任感が強いものの、その責任のないところでは行動がふらふらし過ぎているため、一番生真面目なのはシュタインだという評価に落ち着く。

これはフェアドだけではなく、シュタイン以外の全員が同じ意見を持っているだろう。

（また聞かなければならない）

そのシュタインは葛藤を感じながらも行動に移す。

どうしても仲間として、今のフェアドとエルリカの考えを知らなければならないと思ったから。

「それで、なんじゃ？」

宿に戻ったフェアドは、部屋の中でシュタインを促す。

「後悔はなかったか？」

常人では意味が分からない問いだ。

しかし、シュタインは何度かこの問いを発しており、フェアドの答えも簡潔で変わらなかった。

「ない」

最早名実、そして命と共に完全な過去の存在になりかけている勇者が、なんの気負いもなく断言した。

かつての大戦が終結した後、勇者フェアドは大魔神王を打倒した肉体的な後遺症と言えるもののせいで、人生の大半を人里離れた山で暮らさざるを得なかった。

その後遺症は凄まじく、サザキやシュタインのような関係者でも偶にしか訪れることができなかったほどだ。

言い換えればフェアドは、自分の人生の大半と引き換えに大魔神王討伐を選んだと言っていい。

だから……。

「明日のために、明後日のために、未来のために戦ってなにを後悔する」

「命ある者が生きるために戦ってなにを後悔する」

「誰かの親のために、友のために、恋人のために、子のために戦ってなにを後悔する」

「明日が明日来る当たり前のために戦ってなにを後悔する」

「誰もが夢見た青空を取り戻してなにを後悔する」

だからこそ、そこに。

「たかが儂の人生。比較する意味すらない」

フェアド個人の後悔はなかった。

だが彼も人間である。

「しかし……エルリカと息子が儂に付き合うことになったのは……」

「何度でも言いますけれど、私も後悔なんてしていませんよ。それにあの子も分かってくれています」

「そうか……」

妻と子が世界を救った代償に付き合う羽目になったことは申し訳なく思っていた。しかし、そんな夫に妻は柔らかく微笑む。

完璧な人間などいないように、完璧な勇者などいないのだ。そんなことはエルリカも知っているし、彼女もまた完璧とは程遠い。

英雄の道は若い頃に終えたかもしれない。だが人間としての、夫婦の道はデコボコだらけで今まで続いているのだ。

「……分かった」

老夫婦の思いに、シュタインは心の底から敬服した。

だが信念を持っていたのは勇者、聖女だけではない。シュタインもそうだ。

勿論マックスも。

「人生って分からんもんだよなあ……」

友人兼戦友兼従業員がいなくなり、急に静かになった雑貨店で椅子に座っていた店主のマックスが呟《つぶや》いた。

この髪を明るく染めて幾つかのアクセサリーを身に着け、無理に若造の格好を真似ているかのような男にも本のこと以外で悩みはあるらしく、声にはあまり力がない。

「確かに親父の墓参りには行かないとなあ……」

マックスの悩みは自分の身内、父だ。

「はあ……今更と言えば今更だが……」

マックスは自分の亡き父を思い出す。

マックスと父の関係はかなり険悪だった。いや、マックスが一方的に苛立っていただけで、父の方は気にも留めていなかっただろう。

どこでもありふれた話だ。

フェアドが勇者として大成する前。魔の軍勢の最盛期、人類の生存圏が縮小し続けた暗黒期において、滅びに抗えず無気力になった者が多数いた。

数多《あまた》の英雄が、賢者が、騎士が、そして王が倒れたのだからそれも仕方ない時代ではあった。まさしく絶望の真っただ中において、マックスの父はありふれた男の一人だったというだけの話だ。

しかし若き日のマックスはそれが我慢できず、父を蹴飛ばすようにして家を出ていた。

「親父め……せめて青空になってから死にやがれ。俺が言えたことじゃないだろうが……」

マックスは自分の指にある、大きな青い宝石が付いた指輪を見ながらぽつりと呟く。

マックスの父は勇者パーティーが大魔神王を打ち倒す前に無気力が原因で命を落としており、最期の言葉を交わすことができなかった。

そしてマックスは、父が無気力で亡くなった一因に、自分が家を飛び出したことも含まれていると考えて、今まで父の墓に行くことができなかった。

罪悪感からの考え過ぎである。マックスが大人しくしていようと彼の父は同じ時期に死去していたであろうし、なによりマックスが飛び出していなければリン王国は滅んでいた。

「年寄りになったら気楽になれるもんだと思ってたんだがなあ」

昔から変化をしない指輪から目を離したマックスは、変わり果てた皺だらけの腕を見ながら嘆息する。

先ほどから彼が困り果てたような言葉を漏らすのは、身内からそろそろ父の墓参りでもどうだと手紙が送られてきたからだ。

確かにフェアド達の誘いで世話になった者に最後の挨拶をしようと思ってはいたが、父の墓はそこに含まれておらず、マックスは途方に暮れることになった。

「ふうう……」

頭が茹《ゆだ》ってきたように思えたマックスは、椅子から立ち上がると店の外に出て空を見上げた。

そこには煌めく星々と赤く染まっていない澄み切った夜の黒がある。これもまたマックス達が取り戻したものだ。

「ちょっと散歩するか」

丁度店を閉める時間帯ではあったが、マックスは普段なら絶対しない夜の街での散歩をしようと思い立った。

ただこの迷宮都市の夜は、酔った冒険者が騒ぎを起こさないように衛兵や騎士が総出で目を光らせている上、現在はお祭り状態であるため大通りに限ったら朝も夜も治安が変わらないと皮肉られていた。

「はははははは！」

「あっはっはっはっはっ！」

酒場から聞こえてくる冒険者のものと思わしき笑い声を聞きながら、マックスはとぼとぼと大通りの隅っこを歩いていく。

その様子は命ある者のために戦った英雄ではなく、若者の服装を無理に身に着けたものの、賑やかな現代に適応できていない老人であるかのようだった。

一方、かつてではなく今の象徴がこの街に多数いる。

「おっと。ケビン、少し寄れ深層巡りの連中だ」

「なに？　本当だ！　おーい！」

「おめでとう！」

「よくやったー！」

ドラゴンを討伐して英雄となった深層巡りの一団が堂々と街を歩いている。

だがマックスには全く関係ないことで、彼はちらりと深層巡りの冒険者を一目見ただけだし、その冒険者達に至っては隅にいるマックスを認識してすらいない。

文字通り住む世界が違う栄達者の深層巡りには、いちいち無関係な他人を認識していたら生活ができないほど、多種多様な者が関わろうとしてくるのだから当然だろう。

「あのパーティーがドラゴン討伐を主導した〝栄光への導き〟だろ？　最下層にいたドラゴンを殺したとか、もう人間じゃねえ」

「言えてる。あ、あれが噂に聞く折れた牙を象ったペンダントじゃね？　ドラゴン殺しに贈られるやつだ。この街じゃ初めてとか聞いたな」

とぼとぼと歩くマックスの意識が、冒険者の雑談に向けられたがそれだけだ。彼はざわめく場から去り夜の冷たい空気を吸う。

そしてまた歩き続ける。

「あれ？　お爺さんどうしました？」

歩いてしばらく。

そんなマックス、というか夜に出歩いている老人を見かねたのか、ドラゴンを討伐して英雄の一人となった青年テオが声を掛ける。

彼だけではない。少女司祭ミア、大きい鎧を着こんだフレヤ、暗器を忍ばせているエリーズ、無表情なアマルダも共にいる。

その全員が折れた牙を象ったペンダントを首から提げていた。

「ああいやいや！　ちょっと散歩をしようと思いましてね！」

（この歳で最上位の冒険者だあ？　フェアドよりよっぽど勇者してるのが似合ってそうだなおい）

ドラゴンの牙を折ったことを意味するペンダントを、年若い青年や少女すら身に着けていることを確認したマックスは、相手が若いくせに最上位の冒険者であると察した。そして悪ガキだったフェアドより、よっぽど勇者をしてそうな青年だと評する。

「こんな時間に散歩ですか？」

「この歳になると考えることが色々あるんですよ。それでちょっと気分転換に散歩をしてたんですが……まあ仰る通り時間があれですね」

九十歳の爺が夜に散歩をしていたことを不思議がっているテオに、マックスは年寄りには色々あるのだと説明した。

「ところでそのペンダント、迷宮でドラゴンを打ち倒されたのですか？」

「はい。といっても迷宮産のドラゴンは、本物のドラゴンに比べて子供みたいなものらしいですけど。それでペンダントはその、殆ど強制みたいでして……」

「なるほど」

（若いなあ）

話題を変えるようにマックスは、テオ達が身に着けているドラゴンを打ち倒した証について質問する。だがテオはどうも、自分の成し遂げたことを見せびらかすことに抵抗があるらしく、マックスはそれもまた若さかと一人納得していた。

「テオ、成果はきちんと誇れ。確かに迷宮産のドラゴンは本物に劣っていると言われるが、誇大はともかく実績はちゃんと見せる業界だ」

「分かってるよフレヤ」

（その鎧も女かーい）

くぐもったフレヤの声が大鎧の中から発せられると、テオは不承不承といった表情を見せながら頷いた。

「いやあ、私も昔はドラゴンを相手に死闘を繰り広げたものです。こう、空を飛びまわって大立ち回りを」

（これは逃げるが勝ちだ）

どうも色々と尖《とが》ったパーティーであると察したマックスは、これ以上関わったらダメージを受けてしまいかねないと判断した。

そして変わり者の老人を演じて逃げようとしたのだが……。

「え⁉　本当ですか⁉」

（食いついてくるんかーい！）

テオは大真面目に捉えてしまったようで目を輝かせているではないか。

(ちょっと助けて！　俺そろそろ帰ろうと思ってたんだよ！)

まさかの反応に困ったマックスは、テオの仲間の女性陣に意味ありげな視線を向けて脱出を図ろうとした。

「テオ、あまり長く引き留めるものではないと思います！」

意図が伝わったようでマックスと目が合ったミアがテオを引き留めてくれた。

「では私はこれで失礼しますね」

(ナイスだ！　そのまま宿に帰っていちゃついていいぞ！)

マックスはこの機を逃さず、テオの反応が返ってくる前に離脱することに成功した。碌《ろく》でもない捨て台詞を心の中で発しながら。

「あ、行っちゃった。空を飛びまわって大立ち回りってどうやったんだろう。飛行魔法かな？　ミア、高度な飛行魔法なら、ドラゴンの気を逸らすこともできると思う？」

「可能性としてはあると思いますよ！　大戦中に対ドラゴンを前提とした飛行部隊があったと聞いています！　でも、生存率はかなり低かったみたいなので、本人が経験したお話かは分かりませんけど！」

「大戦を経験してるっぽい外見のお年寄りだから可能性はあると思ったけど、嘘《うそ》だったのかなあ？」

「どうでしょうね！　でもお年寄りの武勇伝は話半分でちょうどいいとは教えられています！」

「ああ、確かによくそう言われてるね。僕も覚えがある。お婆ちゃんはお爺ちゃんの武勇伝を信じて結婚したけど失敗したって言ってた。まあそれも嘘っていうか照れ隠しみたいなもんだったけど」

テオはミアと武勇伝を語った老人について話し合う。だが二人とも、あくまで先ほどの老人の話が本当だったとしても、ドラゴンの気を逸らすために活躍していた前提で話をしていた。

それはテオの仲間達も変わらない。

「可能性はゼロではないだろう」

「そうだな」

「ん」

フレヤの言葉にアマルダが小さく頷《うなず》いた。しかしテオ達は全員が勘違いしていた。

「ふうい」

帰路の最中、流れてもいない汗を拭う仕草をするマックス。

人生そのものが擬態や欺瞞《ぎまん》の男は、誰が観察してもまるで時代に取り残されたような老人にしか見えなかった。

ジジババ勇者パーティー最後の旅

THE LAST JOURNEY OF OLD HERO PARTY

〜老いた最強は色褪せぬまま未来へ進むようです〜

第六章

勇者パーティー

THE LAST JOURNEY OF OLD HERO PARTY

「急な閉店セールなのに随分売れたなあ。元々在庫はそこまでなかったとはいえよかったよかった」

マックスは空きが目立ち始めた棚を見てうんうんと頷く。思い付きで始めた雑貨店だったため、商品の種類は多くても在庫はそれほどなく、閉店の割引目当てで客が大量に押し寄せると、あっという間に商品が尽きるのだ。

「もう商品が少ないから店は回せるな。フェアド、エルリカ。折角山から出てきたんだから街を見てくるか？　祭りの出店はまだやってるから、行き先に困ることはないだろ」

自分と臨時店員を合わせて六人も必要ないと判断したマックスは、山に籠っていたフェアドとエルリカの夫妻に街を見て回ってはどうかと提案した。

「ふうむ。それならお言葉に甘えさせてもらうとしようかの」

「そうですね」

山から出てきて殆《ほとん》ど二人だけの時間がなかったフェアドとエルリカは、仲間からの好意に甘えて少し外を散策することにした。

「よくよく考えると祭りに参加したことはなかったような」

「そう言われてみれば」

店の外に出たフェアドがふと思い出したように呟《つぶや》くと、エルリカも昔を思い出して頷く。

大戦中に祭りを行う余裕などなく、あったとしても戦いに勝った祝勝会のようなもので、フェアド達は参加者ではなく主役のような立ち位置だった。そのため単純に祭りを楽しむ側にいることは初めての経験だった。

「わはははは！」

「はははははは！」

老夫婦は道化服を身に纏《まと》って笑いながら道を歩く大道芸人をつい目で追いながら、ドラゴン殺しの英雄譚《たん》の熱気が続く街を歩く。

「ママ！　あれ買ってー！」

「ダメよ。昨日買ってあげたでしょ」

「おーい酒が足りないぞー！」

「薄めて飲んでろ！」

「がははははは！」

「活気がありますねえお爺《じい》さん」

「そうだのう婆さんや。おや、あれはなんじゃろう？」

「なんでしょうね」

喧噪《けんそう》をにこやかな顔で眺めるエルリカとフェアドは、子供と親が集まってなにかに熱中している様子が気になった。

「かわいいー！」

「きゃー！」

覗《のぞ》き込むようにして見てみると、そこでは大人の両の手よりは少し大きな白い毛玉が五つほど、子供達に撫《な》でまわされていた。

（テイマーの使役動物かの？）

フェアドはその白い毛玉にちょこんと四本の足があり、子犬のような愛らしい顔とつぶらな瞳が気持ちよさそうにしているのを見て、動物を操れる特殊な力を持つ人間が使役する生物ではないかと思った。

「この子はリン王国の南方で生息しているミミっていう生き物でね。テイマーが使役してるなら、国が街に入れてもいいよって認めてるんだ」

「へー！」

「ミミっていうんだ！」

「可愛らしいのう」

「ええ本当に」

白い毛玉、ミミを使役している中年男性が説明して子供達が興奮している後ろで、フェアドとエルリカも可愛らしい生き物に微笑む。

生き物を可愛がるという余裕がなかった時代の生まれの二人であるため、小動物に興奮している子供も、撫でられて気持ちよさそうにしている生き物も全てが新鮮だった。

「みー！」

そんなミミの一匹がフェアドとエルリカにつぶらな瞳を向けると、やはり可愛らしい鳴き声を漏らしながらちょこちょこと短い脚を使って近づく。

「みー！　みー！」

そしてふわふわの毛で覆われたお腹を撫でてくれと言わんばかりに、ころんと仰向けになった。

「おお、おお。可愛らしいのう」

「まあまあ」

これにはフェアドとエルリカも満面の笑みとなり、しゃがみ込んでミミの小さなお腹を交互に撫でる。

「みーみー！」

ミミの方も気持ちがいいのか、もしくはもっと撫でてくれと訴えているのか甘えるように体をくねらせる。

（はて？　ミミはお腹を見せたことがあったか？）

一方、ミミの飼い主であるテイマーの男は内心で首を傾げていた。

この小動物ミミはあまりお腹を見せることがないのだが、まだ知られていない生態がある。それは圧倒的な強者でかつ優しい心の持ち主に甘える習性だ。これは生存戦略であり、ミミはフェアドとエルリカに甘えていれば身の安全は間違いないと本能的に察していたのだ。

「ほっほっほっ」

「ほほほほほ」

それが分かっていない老夫婦は、ただ甘えてくる小動物へニコニコとした顔を向ける。

「そろそろ別のところにも行きましょうか」

「うむ。名残惜しいが」

「みー！」

だが子供の遊び相手のようなミミを年寄りがいつまでも構っている訳にはいかない。エルリカとフェアドは名残惜しくあったがこの場を去ることにした。

「あっちでもなにかしているようですよ」

「ふむ。なにをしておるんじゃろうか」

再び人だかりを見つけたエルリカとフェアドが近づいたが……ある意味で禁忌の儀式が行われていた。

「さあ大魔神王！　聖なる剣を受けよ！」

「ぐう！　それが忌まわしき神より授けられた聖剣か！」

「おおっと……これはいかんぞ……」

「まあ」

美男子が掲げる剣に、真っ黒なマントを被った怪人が慄《おのの》くと同時にフェアドも慄く。

「勇者めえええええ！」

怪人が叫ぶとフェアドの目が泳いだ。

今まさに大魔神王と勇者が激突しようとしていたのだ。劇で。

当たり前の話だが世界を救った勇者の劇はお約束もお約束であり、こういった祭りの場ではよく演じられる。だがその当事者にすれば堪ったものではない。

「全ての正義のために！　大義は我にあり！」

「下等種族がなにを言う！　世界は闇に消え去るのだ！」

（そんな大層なものではない。ただの若造達と絶望し切った奴の殺し合いだ）

激突する勇者と大魔神王の言葉に観客であるフェアドが心の中で呟く。

『欠陥生物なんだよお前達は！　人間！　エルフ！　ドワーフ！　オークにゴブリン！　他も全てだ！　名誉のために！　金のために！　正義のために！　大義のために！　さあ戦争だ殺そう！全て殺そう！　ああ⁉　若きも赤子も関係なくな！　食うために獲物を殺してるそこらの犬の方がよっぽどマシだ！　いったい何千年訳の分からない理由で殺し合ってるんだてめえら⁉　うんざりだ！　うんざりだ！　命ある者⁉　よく言ったものだ！　俺と変わらないくらい命を考えてないくせに、よくぞそれで命ある者達の陣営と自称しているな！』

記憶にある絶望を振りまいておきながら絶望し切った神の叫びがフェアドの脳内で響く。

『予言をしてやるよ！　俺がなにもしなくても、お前ら欠陥生物共はどうせ自滅する！　下手すりゃこの星すら駄目にしてな！　それならいっそ今滅ぼしてやった方がいいだろう！　滅ぶまで続く怨嗟《えんさ》を、俺がここで断ち切ってやるってんだ！　お前ら命ある者がこれから奪う命の総数より、俺が今根絶やしにした数の方がずっと少なくて済むからな！』

世界改編の業などを企んでいたのではない。ただ命ある者が誕生してからずっと見続けたが故に、見切りをつけた可能性と未来を摘み取るため腰を上げてしまった男の声だ。

戦いも劇で語られる正義と悪だなんてものではない。光《エゴ》と闇《エゴ》は殺し合いの果てに決着した。

「勝った！　正義は勝つ！」

「さて、他も見て回るかのう婆さんや」

「そうですねお爺さん」

命の光を証明した老人達が劇を見届けて去る。既に彼らは舞台を降りているのだ。

「少し座ろうかの」

「そうですね」

肉体的に疲れていないフェアドだが、少し腰を下ろしたくなってベンチに座ることにした。

「パパ、ママ。早くー！」

「何度も思ったがいい時代になったものじゃ」

「ええ本当に」

フェアドとエルリカの視線の先には、子供が親の手を引いて元気にはしゃいでいるこの時代では当たり前の光景があった。

だが二人の若い頃の子供は大人が家から出さないか、戦地で雑用をこなしているかのどちらかだった。それを思えば子供が笑顔でいることは夢のようだ。

（あのジジババ、今にも死にそうだけど大丈夫か？）

しかし一方で、九十歳の老人がベンチに座り昔を思い出して遠い目になっているのは、はっきり言ってこのままお迎えが来てもおかしくない光景であり、実際周りの者も死ぬ寸前なのではと疑っていた。

「あのーこんにちは」

ついには直接声を掛けて生きているか確認する者まで現れた。

「ああこんにちは」

「こんにちは。いいお天気ですね」

（あ、よかった。大丈夫そうだ）

声を掛けた青年、テオはしっかりと返事をしたフェアドとエルリカに安心した。

ドラゴンを討伐した騒ぎでゆっくり買い物もできなくなって変装しているテオと一緒にいるミアが、マックスだけではなくフェアドとエルリカにも出くわしたのは、やはり勇者と聖女の卵として運命の中心にいるからかもしれない。

「婆さんと大戦中に比べたらいい時代になったと話しておりましてな」

ここ最近、若い者達に心配され続けているフェアドは、この青年も親切に声を掛けてくれたのだと思い死にそうにないことを伝える。

「大戦に参加されてたんですね」

「ええ、ええ。よく生き残れたと思います」

やはりその外見年齢ならかつての大戦に参加していたのかとテオが納得している一方、フェアドは客観的に見ても今生きてるのが不思議でならないと本音を漏らす。

「あの、勇者様を見かけられたことはありますか？　ドワーフの身内がいるんですけど、彼女は親に勇者様は凄いけど変わられた方だと言われたことがあるみたいで……」

話のついでにテオは気になっていることを尋ねた。

テオの仲間で長命なドワーフのフレヤは、大戦に参加していた親から勇者のことを聞いたことがあるが、それは人間が認識しているイメージと齟齬《そご》があった。

勇者は偉大だが変わり者だったらしいのだ。

「ほっほっほっほっほっ」

「ほほほほほほほほ」

思わずフェアドとエルリカは我慢できず笑いだしてしまう。

「ほっほっほっほっほっ」

「ええそうですねえ。少し変わられた方だったかもしれません。当時、勝てると思っていた人は殆どいませんでしたから」

笑いの発作が収まらない夫に代わり、エルリカが微笑みながら単なる事実を口にする。

人間、エルフ、ドワーフ、その他様々な種族に関わらず、本気で大魔神王に勝つと宣言する存在は皆無に近かった。

ましてや高貴な血筋ではなく特別な訓練も受けていない、小さな寒村から命からがら逃げるしかなかった小僧が成長して剣を握り、大魔神王を打倒して青空を取り戻すと言ったところで異常者の戯言《たわごと》に等しい。

つまり当時を生きていたドワーフやエルフが、フェアドを変わり者と評したのは精一杯濁した表現なのだ。

『俺が青空を取り戻すだあ？　馬鹿言ってんじゃねえよガキ』

『やれるもんならやってみろ田舎者』

『馬鹿なのか？』

『ふんっ』

それを自覚しているフェアドは、当時の絶望し切っていた大人達の声を思い出しながら、馬鹿ガキと呼ばれていた自分を変わり者とは、随分柔らかく表現してくれたと笑うしかない。

「ほっほっ。今はいい時代ですかな？」

「は、はい。そう思います」

「はい」

なんとか笑いを収めたフェアドの問いに、テオと成り行きを見守っていたミアが頷く。

勿論《もちろん》理不尽や悪もある世界だが、それでも命ある全てが死すべき定めだった時代に比べたらずっといい。

「それはよかった。儂《わし》らが戦った意味はちゃんとあった」

「ええ」

若者達から戦った意味があったことを教えてもらったフェアドとエルリカは、微笑みながらベンチから立ち上がった。

「それでは儂らはこれで」

「失礼しますね」

これ以上話したら勇者と聖女であることに気付かれるかもしれないと思った二人は、テオとミアに頭を下げて街の見物に戻る。

「なんか……ひょっとして凄い人だったかな？」

「かも……しれませんね」

見送る若い二人は老人達の妙な厚みを感じたのか、お互い顔を見合わせて首を傾げる。

これはこの世を去る前の伝説と新しき伝説の邂逅《かいこう》であったが、演目を終えた老人達はもうすることがない筈《はず》だった。

しかしながら……時代の幕引きを図る者がいればその限りではない。

ところで迷宮都市はその特殊性ゆえに貴族領ではなくリン王家直轄の街である。

そして五十代の代官オーランドは、リン王国の中から選び抜かれた優秀な男で、猛禽《もうきん》のような鋭い目が特徴的だ。

彼に能力と忠誠心がなければ、冒険者という武装勢力が我が物顔で歩き、強力な武器が産出される迷宮を任されるはずがない。

もし代官がよからぬ企みを考えていたら、財と名誉を齎《もたら》す迷宮都市はたちまち王国にとって危険な都市に早変わりするだろう。

だからこそ迷宮都市はよく来客が訪れる。

「本日はようこそ御出でくださいました」

代官オーランドが跪《ひざまず》いて頭を下げる。迷宮都市を監視する王家直轄の最精鋭の騎士達もだ。

この両者が跪いているのだから相手は限られている。

「なに。こちらこそ世話になる」

政治という戦場で百戦錬磨のオーランドと、深層巡りの冒険者に劣らぬ屈強な騎士の背に汗を流させている原因が重々しい声を発する。

オーランドが猛禽のような目であるなら、その男の目はドラゴンのようだ。あやふやな比喩ではない。僅かだが青い瞳は縦に裂けており淡く輝いている。

細身な体にはリン王国が誇る職人が手掛けた、最高級の白と金に彩られた衣服を纏っているが、皺だらけの肌から発せられる気を全く隠せていない。

そして背に流れている長い青髪は身に宿る強大すぎる力が原因で、風もないのにゆらゆらと揺れていた。

齢《よわい》九十にもなる死に損ないの老人がそのような姿なのは、彼がドラゴンの因子を強く発現させた異常なる人間だからだ。

「面倒をかけているが、なぜか私が来た方がいいと思ってな。それにドラゴンが討伐されたと聞いたら余計にそう思った。悪龍《あくりゅう》はとりあえず殺せと家訓を定めた、青のドラゴンにせっつかれているかもしれん」

皴だらけで獅子《しし》のように厳めしい顔が皮肉気に歪《ゆが》むも、視線を下げたままのオーランドと騎士達には分からない。

実はシュタインが迷宮都市で、高度に発達した複数の筋肉を探知したのも、マックスの雑貨店のようなちんけな店に、王族直轄の騎士団がやってきたのも、ある意味で当然の状況だった。

先ほど述べたが迷宮都市はその特殊性から、リン王家の者がよく訪れる。だが今回は第四王子や第五王子のようなどうでもいい王家の者ではない。

ある意味で王より上の者と護衛が来ていて、関係者が神経質になっていたのだ。

男の名をゲイル・リン。リン王国の名前を冠している王族。どころではない。

リン王国を守護し、王家の祖ともいえる青きドラゴンの力に覚醒しているだけではなく、かつての大戦を潜り抜けてリン王国を立て直し、現在は隠居している先々代のリン王国国王が迷宮都市にやってきていたのだ。

だがこの英雄、少々の奸雄《かんゆう》であることはあまり知られていない。

最早それを知っている者は寿命で殆ど死んでいるが、この男、大魔神王の侵攻によって崩壊寸前だったリン王国を立て直すため、いない方がよかった父親から実権を奪い取っていた。そして死蔵されていた強力な国宝を全て投入して戦線を維持したが、戦後に国宝の幾つかが返ってきていないというやらかしをしていた。

「私がもう少し若ければドラゴンの討伐に参加していたが」

冗談めかしているような口調のゲイルだが、半ば本心でもある。

リン王国を守護する青きドラゴンは、命ある者達の陣営以外のドラゴンと酷い敵対関係にあった。大魔神王の側についた同種達と殺しあった筆頭格であるが、その敵意は自分達の姿を真似た紛い物と認識している迷宮産のドラゴンにも向いていた。

そのため青きドラゴンの因子を、リン王国王家史上最も強く発現したとされている天才児ゲイルもまた、迷宮のドラゴンに敵意を抱いていた。

「まあいい。それで、ドラゴンが討伐された迷宮はどうなっている？」

「はっ。規定通りドワーフが遠隔の魔道鎧《よろい》を用いて調査しております。現在は浅い階層の調査が終わり、異常なしとの報告が上がっています」

「ふむ」

ゲイルの問いにオーランドが答える。

極々稀《まれ》にだが迷宮の奥深くに存在する主のようなモンスターを倒すと、迷宮そのものが過剰反応のようなものを起こして、強力なモンスターを生み出すことがある。

それ故に重宝されるのが、特殊な魔道鎧を遠隔操作して迷宮を調査できる一部のドワーフだ。

この遠隔操作の魔道鎧は操作者が地表にいるため、絶対に迷宮内部の情報を上に伝えられる途轍《とてつ》もない利点があった。本当に希少で値段も相応だが。

「力量的に深層の底には辿《たど》り着けませんが、そろそろ中層の調査が終わる頃です」

オーランドの言葉通り、中層の調査は終わりかけていた。

「中層も異常ないようだな。まだ断言はできんが過剰反応は今のところないか」

「ああ」

ドラゴンが討たれた迷宮、夜なき灼熱《しゃくねつ》の内部を三体の騎士鎧が注意深く進む。

鎧は耐火用の特殊なコーティングで黒くくすんでいるものの、並みの騎士鎧よりも遥《はる》かに大柄で武装の剣に盾、槍《やり》も魔力を帯びている。

だが特徴的なのは中身が存在せず、地表にいる百歳を優に超えるドワーフが操作していることだろう。

この視覚や聴覚、嗅覚すらも同調して鎧を遠方から操ることは、テオのパーティーメンバーであり同じドワーフのフレヤですら不可能だ。

ただその代わり、戦闘能力においては深層巡りの冒険者達に一歩劣るため、ドラゴンがいた場所までの調査は不可能だった。

そんな遠隔操作された調査機ともいえる騎士鎧は、中層の探索を終えて一旦迷宮を出ようとしているところだった。

しかし。

「くるぞ！　モンク殺しだ！」

探索していた空間の奥にある溶岩の池が突如噴出したことで戦闘態勢に移行する。そして溶岩そのものが立ち上がるように見えたことから、モンク殺しだと推測した。

正解ではある。

「は？」

ただし間違えてもいた。

鎧を操っているドワーフ三人は、戦いの場から遠い地表にいるとはいえポカンとした。

溶岩そのものが一塊となり、ゆっくりと動いてくるのがモンク殺しであるならば。

細身できちんとした四肢があり、両の足で真っ赤な大地に立っているモノはなんだ？

他に特徴はない。ただ溶岩で形作られた人型だ。


「ひっ⁉」

「馬鹿な⁉」

「なぜ⁉」

しかし、地表にいるドワーフ三人は真っ青になって恐怖にひきつった悲鳴を漏らす。

その間に赤い人型は大地を蹴り、中身のない鎧に向けて走り出した。

素晴らしくも恐ろしい速度だ。生波《せいは》を駆使した高位のモンクに劣らぬ脚力で、近接を専門とする深層巡りの冒険者にも引けを取らない。

「ひ、光よ！」

ドワーフ達は鎧を操り、セオリー通りに魔法攻撃を仕掛ける。

この遠隔操作でありながら魔法攻撃すら駆使できるのが、彼ら特殊なドワーフが重宝されている理由だ。今回は全く無意味でも。

赤い人型は溶岩の体なのに、まるで手刀のように腕を形作ると、なんと魔法攻撃である光の球を縦に切り裂いたではないか。

しかもそのまま、続けられる光の球を切り裂きながら足を止めず鎧に急接近する。

「まさかああああ⁉」

絶叫を上げるドワーフには覚えがある。

一時期煮え立つ山が陥落寸前に陥った原因。これが優に万を超えて主力を構成した、炎の軍勢との決戦に彼らドワーフも参戦していた。

「ああああああ！」

ドワーフはその時の恐怖を覚えたまま槍を繰り出す。その突きはこの場にいないながら、生存本能での我武者羅ゆえか、大地を砕くような足の勢い共に深層巡りの冒険者にも劣らぬ一撃だった。

しかし熔《と》けた。融けた。

魔法による強化がなされているはずの槍は、赤い人型に突き刺さるどころか融解してしまった。

それだけではない。赤い人型はまるでモンクのように腕を振り被ると、その拳を鎧の胴に叩《たた》きつけた。

熔けた。融けた。

これまた魔法によって耐熱化されているはずの鎧は、一瞬の抵抗も許されず融解してしまい、赤い人型の拳は鎧を貫通してしまう。

「おおおおお！」

「ぜあああああ！」

あらん限りの光の力で武器をコーティングした残りの鎧が剣を振るう。

三度《みたび》同じだ。熔けた。融けた。

そんな光などは無意味だと表すように剣も鎧も、赤い人型が腕を振るうだけで形を保てなくなる。まさしく相手にならない。

触れただけで勝負が決する理不尽。魔法に耐えうる力。凄まじい速さ。

「い、今すぐ知らせなければ！」

鎧を破壊され地上で慌てるドワーフ達には心当たりがあった。

歴史上、類似の存在がいない訳ではない。歴史を紐解《ひもと》けば似たような存在が迷宮では確認されている。しかし時期が悪かった。

彼らドワーフにしてみれば、かつての大戦は実体験したことなのだ。

それ故に導き出される名が、上層部へあっという間に伝わった。

「迷宮を調査していたドワーフ達から大戦中に確認された、真なるモンク殺しと呼ばれるモンスターが出現したと報告がありました」

凶報が先々代国王ゲイルと代官オーランドに齎された。

モンク達にとっての宿敵。数々の高僧を絡めとった怨敵。拳と剣で戦う者の天敵。

真なるモンク殺し。

これが偶々迷宮の過剰反応で誕生した、真なるモンク殺しに似た個体が自然発生したならいい。

問題なのは――

大魔神王が何かしらの形で関わって、現代に真なるモンク殺しが新たに生まれた最悪の想定が生まれてしまうのだ。

「ふむ。そちらで詳しいことを纏めろ。その間、少し席を外す」

だからこそゲイルは席を立ち、これ以上ない相談相手に意見を求めようとした。

さきほど、ある人物から珍しい連絡が来たので、ある意味好都合でもある。

尤《もっと》もその相談相手、予定という名の運命をこれでもかと蹴飛ばしたことがある上に、極論すれば殴って解決しようを突き詰めた存在なのだ。

それから数十分後、本来封鎖されている筈なのに、ゲイルの計らいで人がいない夜なき灼熱の入り口。

「あの大馬鹿が復活したとは考えにくいから、当時のモンク殺しに類似した奴だとは思うがのう。もし復活したなら、こそこそせず儂のところに直接来るわい。そうではないか婆さんや？」

「そうですねえお爺さん」

フェアドとエルリカ。

「行きゃあ分かるさ。ひっく」

「言えてるね」

サザキとララ。

「真なるモンク殺しが当時のものなら、仕留めるのは使命だ」

「俺必要ないだろ。帰っていいよな？　な？　そうだと言ってくれよ」

シュタインとマックス。

勇者パーティーが問題を殴って解決するため揃《そろ》っていた。

しかし、非常に温度差がある。

（はあああ……）

一番熱意が低いマックスは心の中で大きくため息を吐く。

（あの馬鹿が復活したら、真っ先にフェアドとこ行ってるって。まあ、直に会ってないから分かんのは仕方ないけどな。つうかさっきからうるせえ！）

かつての宿敵である大魔神王を馬鹿と呼ぶマックスにしてみれば、自分に相談してきたゲイルの心配事。つまり大魔神王復活は杞憂《きゆう》だと断言できる。

しかし、一国の王であったゲイルにしてみれば、発見されたモンスターが大魔神王が作り出した真なるモンク殺しなのか、それとも単なる類似存在なのかを知ろうとするのは当然だった。

「さあ行こう」

一方熱意が高いのは全身の筋肉を隆起させているシュタインだ。

彼も大魔神王が復活したなどとは考えていないが、モンク殺しはシュタインの同胞の多くを殺害してきたモンスターであり、いると聞いたなら居ても立っても居られない。

「ぷはぁ」

「はん？　転送装置が邪魔されてるね。明らかに人為的な物だ」

そして単なる付き合いの気持ちでこの場にいるサザキはやはり酒を飲み、ララは真面目に迷宮を観察して異常に気が付いた。

「これはちと面倒だね。少なくとも古代の転送装置を解明した奴がいることになる」

「つまり？」

「最低でも超深層級の魔法使いクラスが絡んでるとみていい」

「うげ」

ララが異常に関わっているであろう存在の力量を推測すると、マックスは嫌そうな顔になる。

由来が不明の転送装置に介入して機能を封じ、迷宮でも異変が起こっているとなると、手練れが絡んでいるのは間違いなかった。

「なら大馬鹿が出ないことを祈りながら急ぐとしよう」

「そうですねえ」

マックスが馬鹿と表現した大魔神王を、フェアドは更に大馬鹿と呼称しながらエルリカと走り始めた。

結局誰もが道を阻めなかった者達が六人も、夜なき灼熱に足を踏み入れる。

案内の者はいない。真なるモンク殺しに囲まれた場合、戦闘の余波は勇者パーティー以外では耐えられないし、大魔神王が何かしらの形で関わっているなら尚更である。それに、魔力が読み取れるララの特殊な目を用いれば、特に案内は必要なかった。

その後すぐ。

眼鏡をかけた初老の男が率いるリン王国の暗部の部隊が、洞窟の入り口を封鎖した。

「あっつ。なんだこれ暑すぎるだろ」

早速マックスが、炎で炙《あぶ》られている洞窟に対してうんざりとした。

だが最初の階層はまだいい。あくまで至る所が炎で燃え盛っているだけであり、深部のように溶岩までは流れていない。しかし、洞窟で炎が燃え盛っているのに、これで呼吸ができるのだから迷宮とは不思議なものである。

「浅い階層は異常ないと聞いたが、どうかのララ？」

「中々気合の入った遮蔽だけど至る所に魔法の痕跡がある。ただまあ、人間式の魔法だ。馬鹿の痕跡ではないね」

「そうじゃろうの」

暑さを特に気にせず歩くフェアドの質問に、ララもまた大魔神王を馬鹿と呼称しながら、魔法の専門家として異常はないと判断する。

「最後の戦いであいつは、これでケリを付けようと言ったんじゃ。なら今更復活したところで何もするまい。もし儂が奴の頭をカチ割ったことに対するお礼参りというなら直接来るしのう」

フェアドが走りながらどこか遠くを見ながら呟く。

勇者と大魔神王。光と闇。正義と悪。そしてなにより勝者と敗者。コインの裏と表のように例えられるフェアドだからこそ、大魔神王のことを人間では誰よりも理解している。

「だろうなあ」

まさに同じことを考えていたマックスも、暑いと文句を言っていたのに汗一つ流していない顔で頷く。

「まあ、何が起こっているかは突き止めねばならん」

この会話の最中もフェアド達は風のように駆けている。

それは全員が九十歳とは思えない風のような速度であり、先頭のフェアドは普段のよちよち歩きが嘘のようだ。

続くサザキ、シュタインも負けず劣らず、浮いているララ、エルリカ、最後尾のマックスが迷宮を疾駆する。

(懐かしいなおい)

いつも一番後ろを定位置にしていたマックスが、仲間達の背を見ながらつい昔を懐かしんでしまう。

(俺にはフェアドとエルリカみたいな光の力はねえ。サザキみたいな速さはねえ。ララみたいな魔法の力はねえ。シュタインみたいな……筋肉はいいか)

そんな彼は勇者パーティーのメンバーでありながら、仲間と比べ地力において一段も二段も劣っていると思っていた。そして、彼らの背を一番見てきたと自認している。

(だがまあ、折角また集まったんだ。やるだけはやっとくか)

既に大願を成し遂げ燃え尽き、後は死ぬだけだった男はいつも通りの軽い気持ちで仲間達の背を追う。

「おっと、お客さんだ」

サザキがフェアドの前に一歩だけ出る。

ボコリと地面が隆起して、人間の成長期の子供と変わらない大きさの、オオトカゲのようなモンスターが十匹ほど飛び出し。

オオトカゲは赤い煌《きら》めきを認識できず、全ての首と胴が断たれた。

神速の剣聖を前にして、どこからか飛び出すという行為そのものが自殺行為と変わらぬ愚行。極論するとサザキに対抗するには絶対に斬れない体を持つか、剣ではどうしようもない質量、もしくは神速に匹敵する速度が必要なのだ。

それ等を持ち合わせていないのなら、サザキの相手は不可能である。

「どんどん行こうじゃねえか」

片っ端から切り捨てられるモンスター達は、サザキの軽口よりも軽く屠《ほふ》られていく。

(やっぱやべえわ……最速なら最強だろって理論が間違ってねえと思わされるぞ)

マックスは相変わらずなにも障害がないと思わせられるほどの仲間の腕前に、子供のような理論が正しいのだと思わされてしまう。

そんな様子なのだからあっという間に浅い階層を突破し、問題の場所に辿り着いた。

「む。来た……か……」

溶岩の川から飛び出した赤い人型三体、真なるモンク殺しと思われたモンスターにシュタインはなんとも言えない奇妙な顔になる。

それは例えるなら世界を滅ぼす魔狼《まろう》がいると聞いて来てみれば、単なる犬型のモンスターがいたときのような反応か。

「どうも遭遇したドワーフは分からなかったみたいだけど、構えとかしねえじゃん」

「俺も言おうとした」

ドワーフの操る特殊な魔道鎧を熔かした怪物が三体も現れたのに、マックスとサザキのやる気が削がれる。

「急いでいるんだ。手っ取り早く確認を済ませる」

今にもどうしたものかと頭を掻《か》きそうなシュタインが、僅かに両腕を広げて轟《とどろ》く大地教のモンクの構えになる。

それに対し真なるモンク殺しは気にすることなく、魔道鎧に碌《ろく》な抵抗をさせなかった灼熱の体をシュタインにぶち当てるため駆け出した。

もう確定だった。

対モンクとして発展した武の構えを取らない。その一点で紛い物だった。

紛い物が腕を振り被った直後、シュタインが呼気を漏らさず無音で溶岩の人型を殴りつけた。

溶岩に腕を突っ込む信じられない愚行。

だが紛い物こそが信じられないと言わんばかりに、自分の胴の溶岩が弾き飛ばされたことに困惑する暇もなく全身を殴られ体を維持できず消滅した。

残りの二体はそれを気にすることなく、なんの学習をすることもなくシュタインに殴り掛かり……そして同じように全身を殴られ消失した。

「学習能力もない。やはりこれは違うぞ」

空気の層や筋肉で溶岩の体を無視した訳ではなく、無波《むは》で体を保護していたシュタインがそう評する。しかし、保護していたと言っても魔法や魔力ではなく、気の力で溶岩すら気に留めないのははっきり言って人間の業ではない。

だがかつて溶岩水泳すら行ったことのあるシュタインにすれば、今更溶岩の体が素早く襲い掛かってきたところでなんの脅威にもならない。

そんなシュタインにすら真なるモンク殺しは敵だと思わせていたのだから、紛い物とは比べ物にならない。

「全くお前さんの構えに反応しない。仲間がやられても行動を変えない。本能しかないの。儂らの知るモンク殺しではないわい」

「ああ」

フェアドの確認にシュタインも同意する。

煮え立つ山というモンクの総本山に投入され、モンク殺しとまで呼ばれたモンスターが、単なる溶岩の体と速度、そして万を超える数だけでモンクの怨敵だと思われるはずがない。

あろうことか大魔神王は真なるモンク殺しに対し、当たれば必殺の溶岩の体に耐久力、速度のほかに、並み以上のモンクに匹敵する武の技術と、対モンクに特化した学習能力すら詰め込んでいたのだ。

ここまで徹底的にモンクに対抗されたのだから、煮え立つ山が陥落寸前に陥ったのも当然の話だった。

しかも煮え立つ山の戦いが終わった後も、モンク殺しは猛威を振るい続ける。何とか生き残り大戦末期の経験を積んだ個体は、溶岩の体を持ちモンクの技術を吸収して、独自の武を磨き上げたような達人といってもいい恐ろしい存在だったのだ。

（やーっぱりやべーわ）

マックスは自分達と戦った達人と言っていい最後期のモンク殺しを思い出しながら、それを最も打ち破ったシュタインの凄まじさを再確認していた。

（分かったからちょっと落ち着け！　やりゃあいいいんだろやりゃあ！）

ずっと煩い自分の指に嗔めている、青い宝石が付いた指輪に内心で怒鳴りながら。

その後も勇者パーティーは足を止めることなく迷宮内部を侵攻。いや、単に進行していく。

立ち塞がろうとするモンスターはサザキに斬り捨てられ、偶に出現するモンク殺し擬《もど》きもシュタインが屠《ほふ》るのだから、足がずっと止まることなどない。

「マックス、そのキンキン煩いのはどうにかならんのかい？」

「俺が聞きたいくらいだ。いい案があったら教えてくれよ」

だが僅かに浮かびながら移動しているララには不満があるようで、しかめっ面で一番後ろにいるマックスの指輪を睨《にら》んでいる。

ララの異常な感覚は指輪から発せられる甲高い声のような思念を感知しており、持ち主のマックスに至っては頭の中を鐘の音が絶えず鳴り響いているような有様だった。

「何と言っておるんじゃ？」

「上品に表現してやるよ。冒険者があの薄汚ねえ紛い物をぶっ殺したのなら、貴方《あなた》もやりましょう。さあぶっ殺しましょう。今すぐぶっ殺しましょう。みたいな感じだ」

「変わらんようだのう」

「本当だよ。作り出して力を込めた方はお淑やかなのにな」

笑いを含んだフェアドの質問に対し、ララ以上のしかめっ面になっているマックスが自分の指輪を睨んでいる。

実はこの男、身に着けている装備の大半が呪われた装備のようなもので取り外すことができず、青い指輪もまたその一つで持ち主を苛《さいな》んでいた。

「あれでお淑やかなら私だって聖女と言われてただろうさ」

「だっはっはっ！　まあ普段は大人しい女だろ！　ちょっと別のドラゴンに対して豹変《ひょうへん》するだけで！」

そんな装備を作り出した者に対して、どうやらマックスとサザキ・ララ夫妻は意見が違うようだ。

「ならばドラゴンはお前に任すとしよう」

「ああ。本当に嫌々だけど、迷宮産のドラゴンならなんとかなる……筈だけど危ない時は助けてください お願いします」

「そうは言うが、七十年前に専門家の邪魔をしたら面倒なことになると知ったからな。まさか物理攻撃へのほぼ完全防御なんてドラゴンがいたとは……私も筋肉が足りなかった」

「ちっ。忌々しい魔法反射能力のドラゴンのことを思い出したじゃないか」

シュタインはドラゴンを倒せと自分の装備に訴えられているマックスに、迷宮のドラゴンを任せることにする。

これは非情でも薄情でもなく、ドラゴンは専門家に任せた方がいいという経験則からだ。

特に大戦中のドラゴンは敵も味方も最盛期を維持していたため、ララが昔を思い出して舌打ちしている通り、彼ら勇者パーティーですら面倒だった個体が存在していた。

「別に専門家でもなんでもねえのに……って、ここが中層の区切りか。確か複数の炎の精霊だったな」

溜息《ためいき》を吐きそうなマックスだったが、中層と深層を区切っている巨大な門に辿り着くと、意識を切り替えて中にいるモンスターのことを思い出す。

精霊、もしくはエレメンタルと呼称される存在は、自然エネルギーを意のままに操る。あるいは暴走してただ力をまき散らす厄介な存在だ。

この夜なき灼熱の中層と深層を区切っている場所にいる炎の精霊もまた、暴走状態で理性なく炎をまき散らす。だが知能がない故に行動が単純で、対策さえきちんとしていれば攻略はそれほど難しくはない存在だった。

しかし問題があった。

「迷宮で過剰反応が起こった場合、深層のモンスターが代わりにいることがあるんじゃったな」

「そうらしいですねえ。ですが今回はなにか起こっているようですからどうなることやら」

フェアドとエルリカが事前に受けた説明では、迷宮の専門用語で過剰反応と呼ばれる現象が起こっていた場合、モンスターが強化されるだけではなく、区切りの場所にいる主も強化されるのだ。もしくは下にいるはずの主が上にいたり。

「では行こうかの」

フェアドが門を潜り抜けた先にいた。

『ゴアアアアアアアアアアアアアアアアアアア！』

深層の奥底にいるはずの真っ赤なドラゴンが、中層の深層の区切りの空間で吠《ほ》えた。

それは新しき伝説達がつい最近打ち倒した個体とほぼ同じ力を持ち、断じてこの場にいていい存在ではない。

その瞬間、マックスの青い指輪が光り輝いた。

『グギャ⁉』

衝撃波を伴ったドラゴンの吠え声が悲鳴に代わる。

無機質だった瞳の左右にはそれぞれ矢が突き刺さっていた。ドラゴンは比較的、そう、鱗《うろこ》と比べたら比較的目が弱い。だが自分達の攻撃は素通りさせる防御結界などという都合のいいものは殆ど存在せず、ドラゴンへ矢を当てるためには、なんの備えもなく死への崖っぷちにいて集中力を維持しなければならない。

それを成立させたのがマックスだが姿がおかしい。

歳を考えず若者の姿を真似ているかのような老人はいない。

白い鷹《たか》のような意匠の兜《かぶと》と全身鎧の背からはまさに鷹の羽が生え、赤いマントを揺らしている。

左手には獅子の頭が吠えている紋章付きの黒い剣。

右手には狼が踊っているかのような紋様で彩られている灰色の槍。

背には先ほど使用した弓の弦に、草の蔓《つる》が巻き付いている。

腰に差した短剣は雷のようにギザギザとしていた。

立派な騎士が、とりあえず持てるものを持ったかのような統一感のない装備。

なにもかもが全て、マックスという男に相応しい偽装に満ちた装備だった。

そのマックスが駆ける。サザキの剣、シュタインの全力に遥かに劣る速度。

だが十分すぎる。

全身鎧の隙間から僅かに漏れる、ララより遥かに劣る青い魔力。

それで十分。

武器に宿す、フェアドとエルリカに遥かに劣る光の力。

十分。

人類の限界突破者の得意分野に全てで劣る程度。

ドラゴンを殺すのに十分。

『ギャアアアアアアアアアアア！』

目を貫かれたドラゴンが恐怖で叫ぶ。視界が奪われたせいか、ドラゴンの感覚器ははっきりと認識した。

自分とは比べ物にならないほど巨大で強大な青きドラゴンが、これ以上ない殺意を宿した瞳で襲

い掛かってきている、と。

誤認であるが事実でもある。

『ガアアアアアアアアアアアアアアアア！』

恐慌状態となったドラゴンが灼熱の吐息を放つため口を大きく広げる。

するとマックスは鎧の背から突き出た羽を羽ばたかせて宙に舞いドラゴンの上を取る。

「っ！」

マックスからは僅かな気合の吐息が漏れるのみ。だが彼が投げた槍は、凄まじい勢いでドラゴンの頭頂部に突き刺さる。

『ギイイイイイアアアアアアアアアアアア！』

別に頭蓋骨を貫通したわけでもないのに、ドラゴンはブレスのために込めていた力を忘れて絶叫した。

この世界ではそこそこ知られていることだが、ドラゴンの頭頂部には第三の目、もしくは魔力受容器と呼ばれる器官がある。

トカゲにも似たようなものが存在しており光などの受容器なのだが、ドラゴンはこれを用いて魔力の流れを認識している。だがドラゴンの第三の目は脳とかなり密接に絡んでおり鱗も薄い。そのためもし完璧に攻撃を当てられて目まで塞がれてしまったなら、激痛と共に外の情報を殆ど遮断されてしまうのだ。

『ギャアアアアアアアアアアアアアアアア!?』

それ故に更なる恐慌に陥ったドラゴンは、自分の喉元すぐに飛び込んだマックスを認識できなかった。

炎のブレスを吐き出すために力を集めていた喉元にいる敵に。

「っ！」

再び短く小さなマックスの吐息が漏れる。

兜の後ろから、染めた金ではなく、元の青く長い髪が流れる。

その隙間から覗く瞳はまさにドラゴンのように裂けている。

鎧の下の肌はドラゴンのような青い鱗が現れている。
・・リン王国を守護する青きドラゴンの力を借り受けながら、凌駕してしまった男の剣が紛い物の喉元に突き刺さった。
『ギ⁉　ゴ⁉』

紛い物のドラゴンが喉に突き刺さった剣に気が付いたときは全てが手遅れだった。

口から放出されなかった炎の力は、外部から流された同族殺しの力で誘爆。口から飛び出した力はまだいいが、体の中に流れ込んだ炎は紛い物の体を駆け巡って燃え広がる。

『ガ、ガ……』

ただでさえ体温を調整できない紛い物が、熱と同族殺しの毒に耐えきれるはずがない。一瞬で生命活動の許容範囲を超えてしまい、どずんという大きな音と共に崩れ落ちた。

「はあああああ。鈍ってなくてよかったああああああ」

マックスが情けない声と共に肩を落とす。

このマックスという男は大戦中から謎が多かった。

世に認識されたのは、ドラゴンを一人で殺したと自己申告した愚か者として、当時の指揮官の日記に記されたのが最初だろう。

それ故に当時誰も気にも留めず、記録が他に全くない男だと知らなかった。

装備の由来もだ。

装備は特殊な力によって変貌しているが、真なる姿があった。

鎧は白い鷹ではなく青いドラゴンの意匠と羽、青いマント。

左手の剣は吠えている青いドラゴンの紋章。

右手の槍は青いドラゴンが舞う紋様。

背負った弓の弦は細長い青ドラゴンの体を模したもの。

腰に差した短剣はドラゴンの牙だったのだ。

もしその真の姿を見る者が見れば分かるだろう。

マックスが全身に身に着けている装備は、大戦終結後にリン王国に返却されなかった国宝だと。

これはマックスが手放さなかったからではない。逆だ。返却しようとしたのに装備の方が、まるで呪われた装備のように彼に纏《まと》わりついたのだ。

「ゲイルの頼みじゃなけりゃ、ドラゴンとかもうお腹いっぱいだっての。分かるか呪われた装備達よ。ぐえ!? うっせえ! 抗議したところでお前ら全部呪われた装備だろ!」

青きドラゴンの力によって生み出された国宝が、自らを十二分に扱える男に執着しているかのように。

そしてマックスは、自分に連絡をしてきた先々代国王ゲイル・リンの名を気安く呼ぶ。

親友だからではない。

肉親だからだ。兄弟だからだ。

名が多きマックスが王家直轄の騎士の来訪に驚いたのも理由あってのこと。

本名ギャビン・リン。

先々代国王ゲイルの双子の弟であり、公式には存在しない男なのだから記録がないのは当たり前だ。

この時代、王家にしてみれば双子は王位継承権をややこしくしてしまうため、弟は人知れず歴史の闇に消えるのが定めだ。しかし、幸か不幸か双子の父であった当時の王が憐《あわ》れんで、ギャビンは王宮で生活することができた。

父王は優し過ぎたのだろう。

だから大魔神王の侵攻によって命ある者が大幅に数を減らし、リン王国が蝕《むしば》まれたことに耐えきれず病んで無気力になり政務を放り出した。

ギャビンが父を蹴飛ばすように家を飛び出したのも、ゲイルが父を事実上幽閉して実権を取り上げたのも別々のことではない。完全に同じ人物に対し、双子の兄弟が協力しての行いだったのだ。

そしてこの兄弟、完全に才能が分かれていた。

ゲイルは国家を纏めるまさに王としての才能。

ギャビンは公に存在しないながら、青きドラゴンの力を歴代リン王国王家で最も強く扱える戦いの才能。

だからこそ役割も分けた。

兄は王として。弟は戦士として国を救うと。

それを後に参加した勇者パーティーの面々にすら秘匿していたものの、大戦中に結局気付かれてしまったが。

「そんじゃ最後まで行ってみるとするかね」

龍の力を持ちながら龍を滅ぼす者が気楽に言った。

それこそがかつての大戦において、非公式ながら悪なるドラゴンの最多討伐記録保持者。龍滅騎士、変じて龍騎士と呼ばれながら、祖国を救ったことで完全に燃え尽き、王位をややこしくしないため姿を消したマックスと名乗る男だった。

しかしまだ終わっていない。問題は深層の底で起こっているのだ。

「一応大体のことが分かったから伝えておくよ。あの片付けられない馬鹿だろう」

ララは原因に気が付いたが。

「全て紛い物か」

原因を知って深層へ突入したシュタインは、時折やってくるモンク殺し擬きを尽く《ことごと》打ち倒してそう口にする。

「もし大戦を生き残ったモンク殺しが今も隠れ潜んでるとしたら、どれくらいの力量になっておるかのう」

「怖いことを言うな。戦後七十年もずっとモンクを殺すために修練を積み重ねていたなら、想像もつかない力量になっている可能性が高いんだぞ」

ふと思いついたようなフェアドの想像に、シュタインがはっきりと顔を顰《しか》める。

数こそ非常に少なかったものの大戦最後期のモンク殺しの一部は、シュタインときちんとした殺し合いができる怪物達だった。それがもし今も生き残っていた場合は、恐ろしいことになっているだろう。

「その時はフェアドに頑張ってもらおうぜ。なあサザキ」

「いや、儂、ちょっと腰が……」

「だっはっはっ！　言ってろ！」

マックスはそんな面倒な存在の相手をしてこそ勇者だと言わんばかりの提案をしたが、その勇者は情けなさそうにトントンと腰を叩いてサザキに笑われていた。

「本当に相変わらずだねえ」

「ほほほほ。そうですね」

ララは騒ぎつつも油断は全くしていない男連中に対し、最近は度々感じている懐かしさと呆《あき》れの感情を抱き、エルリカは目を細めて笑う。

（尤もエルリカは大きく変わった）

ララはちらりとエルリカを見て昔を思い出す。

仲間で誰が一番変わったかと問われると、全員がエルリカの名を口にするだろう。出会った頃と今はほぼ別人なのだからそれもその筈である。

この上品な老婆は、大戦中の最高位聖職者達が全員懺悔《ざんげ》する秘密を抱えていた。

「さて、ここが最奥か。主のドラゴンは上で出たから……帰ろうか」

「なんでだよ」

「いや、絶対面倒だって。ドラゴン以上の怪物に決まり切ってるじゃん」

「大魔神王以上かあ」

「そこまでな訳ねえだろ」

問題を解決するため速度を緩めずに深層を攻略していた一行は、瞬く間に夜なき灼熱の最深部に到達してしまう。これを深層巡りの冒険者達が知れば、顎が外れるほど驚くだろう。

尤もその偉業を成し遂げたマックスは心底面倒くさがりながら、サザキとじゃれ合っている。

「さて、なにが出るやら」

フェアドはそんな友人達を放っておいて、最後の門を潜り抜けた。

「うん？　事前の情報とは違うの」

「ああ。ドラゴンと戦う場だから広いとは聞いていたが、この広さは明らかに違う」

首を傾げたフェアドにシュタインが同意する。

ドラゴンとの決戦場について、事前にリン王国の情報組織から聞いていた一行だが、今現在は完全に違った場になっている。

そこはただひたすら広く、地下とは思えない平野の如き空間だった。

「いやーな予感、っつうか懐かしい感じがしてきたんだけど」

「儂もじゃ」

マックスとフェアドはその何もない平野のような空間ではなく、別のことで懐かしさを感じた。

大魔神王が自分達を殺すために、圧倒的な数の暴力を差し向けてきたときの懐かしさを。

次の瞬間、ボゴリと地面だけではなく壁や天井すらも盛り上がってモンスターが湧き出ようとする。

それはこの広すぎる空間全てであり、数は百や二百を優に超えてしまう。

本来この夜なき灼熱に存在しない筈の、一部の大迷宮で殺し間と呼ばれる、凄まじい数のモンスターが湧き出る空間だった。

「ふむ」

サザキが腰を落として僅かに俯《うつむ》き、体を捻りながら手を刀の柄に添えた。もしここに彼の弟子達がいれば顔を真っ青にして、頭を抱えながら地面に伏せただろう。

「私がやりましょう」

だが、この道中でサザキに楽をさせてもらっていたエルリカが、両手で杖《つえ》を持ち地面に突き刺した。

聖なる結界で仲間を守るのだろう。

癒しと加護の術で全員を強化するのだろう。

否。

一般的に勇者パーティーに所属していたエルリカは慈悲と慈愛の心を持ち、大いなる神の加護を用いて勇者達を守っていたと認識されている。

乖離《かいり》がある。それも悲しい理由で。

かつての大戦初期において教会勢力は、命ある者の陣営が大魔神王の侵攻に耐えきれないと判断し追い詰められていた。

だからあらゆる神の力を振るい、大魔神王を討つためだけの存在を作り出してしまった。ただただ、ただただ大魔神王を殺す。それだけを目的としたゴーレムのような人間エルリカを。

聖女とは名ばかりだ。

かつて世界一の無垢《むく》なる美貌と称えられようが、実態は無垢ではなく無感動無感情。馬を見た第一声が味についてで、塩と砂糖を区別する概念すら持ち合わせていなかったほど世間を知らない、秘密裏に生み出された究極の箱入り娘。

聖女エルリカとは対大魔神王用に磨き抜かれた専用の剣、爆弾、決戦兵器、もしくは暗殺者ともいうべき存在だったのだ。

しかし、その目的を達成する過程で友情を知った。悲しみを知った。喜びを知った。そして愛を知った彼女は、戦後にフェアドと共に隠遁《いんとん》することを選んで子供まで産んでいた。

話を戻そう。

エルリカは世間一般が思うような、神の加護による守護もできるにはできる。だが結局は生み出された目的を考慮するとその力は……。

殺すための力だ。

「光に消えよ」

エルリカの言葉をきっかけとし、杖の周囲の空間にあらゆる光の神に関係する紋章と文言が浮かび上がる。

現代に生きる全ての聖職者は顔色を失うだろう。その紋章一つを生み出すのに、聖域に集った大勢の聖職者が命を賭す必要がある。

つまりエルリカの体そのものが、一つの大神殿や聖域と言ってもいいのだ。

そんな女の体から光が放たれた。

平野を埋め尽くさんばかりに現れた、炎に関係するモンスター達が光に呑《の》まれた。

消え去った。

モンスターの痕跡はない。綺麗《きれい》さっぱり、まさに光の中で消失したのだ。

本来光の力にはあってはならない、抵抗力のない相手を問答無用で消し去る光消滅攻撃と、暗殺者顔負けの殺しの技術が彼女の専門なのだ。

「久しぶりに使いましたね」

これこそが教会勢力が生み出してしまった魔に対する聖女《殲滅兵器》エルリカであった。

「デカいのが来るよ」

ララが警告を発するものの、表情は特に変わっていない。

迷宮は短時間に二度も攻略されかけているが故に、強者に相応しい試練を与えるためか、はたまた入り込んだネズミを殺すために力を振り絞る。

その方法は、とにかく一塊にしてぶつけるという酷く単純なものだ。

ただ最適解に近い。徹底的に凝縮された巨体と密度、生物としての抵抗力は、サザキの剣、シュタインの拳、マックスの龍の力、エルリカの光に対してある程度の抵抗ができる。ララの超火力にはどうしようもないが。

『AAAAAAAAAAAAAAAAAAAA！』

その結果生まれたのが地面に転がる、人より僅かに大きな一塊の怪物。

地下住み、モンク殺し擬き、炎の犬、トカゲ、炎の精霊、果てはドラゴンまでもを子供が混ぜ合わせ、団子にしてしまったかのように、あちこちから潰れた顔と手足の痕跡が突き出ている醜い赤き太陽が生まれ落ちた。

だがいかに醜かろうが、それはまさに夜なき灼熱そのものの集合体。詰め込まれた質量から発せられる炎は万物尽くを灰すら残さず燃やし尽くす……。

代わりに世界に光が満ちた。

かつて大暗黒という圧倒的質量を圧し潰した力が解放された。

『AAAAAAAAAAAAAAAAA⁉』

混乱する醜き火の粉の前に。

真っ白な髪、皺だらけの皮膚、瞳、毛穴からすらも発せられる眩《まばゆ》い光。

世界を救い運命を打ち破った者。限界を突破してしまった光の力。

生物の祈りと希望の象徴であり化身。世界を生み出した《大魔神王》暗黒の対極にして太極。

勇気ある者。

「さあ、七十年ぶりの現役復帰といこうか」

〝勇者〟フェアドが現れた。

『AAAAAAAAAAAAAAAAA！』

自我もないくせに気圧《けお》された火の粉から、平野を埋め尽くすほど凄まじい灼熱の炎が解き放たれた。

「むん！」

左手で盾を構えたフェアドが力を籠めると、ガラス片のように物質化した光の結晶が盾から溢《あふ》れた。

勇者の武具は神々が鍛え、原初の宝石に彩られた聖なる剣と盾などとは勘違いも甚だしい。その正体は中古の武具屋で売っていた、どこにでもある古ぼけた剣と盾だ。

だが常軌を逸した輝く力で、半ば物質化した光そのものと化したなら話は変わる。

『AAAAAAAAAAAAAA!?』

火の粉は理解できない。フェアドの盾に纏わりつく細かなガラス片の一つ一つが、ドラゴンの攻撃に耐えた深層巡りの力場を容易《たやす》く凌駕《りょうが》して、火の粉からの灼熱を完全に防ぎきる。

「おおおおおおお！」

盾を構えたままのフェアドがただ愚直に走る。走る。走る。

炎の奔流を防ぐ。防ぐ。防ぐ。

その右手には暗黒の化身、大魔神王すら心底慄いた光の剣がしっかりと握られている。

「せい！」

フェアドが剣を振り下ろす。

夜なき灼熱のモンスターの総体でありながら、人間より一回り大きい程度に圧縮に圧縮を重ねた醜い塊に通常の剣が通用するはずがない。

しかしそれはフェアドも同じだ。

生命エネルギーの操作において頂点に位置するモンクの開祖アルベールをして、なぜ光に還らず人の形を保っているのか理解できないと言わしめた、圧倒的と表現するのも生ぬるい光の力が剣に凝縮されている。

『A⁉』

そんなものを受けた火の粉の塊は、特に抵抗らしい抵抗もできなかった。

するりと剣が醜い塊に入ると、突き出ている幾つものモンスターの顔から光が迸《ほとばし》り……。

消え去った。

圧倒的だ。しかしこの勇者、光の力を纏った剣を振るい、盾を構えて耐える。それしかできない。

ごり押し以外は殆どできないのだ。

尤も農村生まれの小僧が光の力を操れること自体が奇跡に等しく、それ以上の技術を求めるのは酷というものだろう。

だからこそ大戦中の勇者フェアドは、誰よりも前に進み、誰よりも前で戦い、誰よりも攻撃を受け続けた。

大魔神王との戦いですらも。

それがいけなかった。

薬が過ぎれば毒であるように、過剰な命と光の力も強すぎたなら周囲の人間に悪影響を与えてしまう。それが大魔神王との最終決戦において、命ある総ての依り代となり光そのものとなったフェアドの力なら猶更だ。

それ故に戦後のフェアドは、人体に害になるほどの光の力を周囲にまき散らしてしまう後遺症を患い、人里離れた場所で隠遁することにした。訪れる者は光に抵抗力がある強者の仲間か、偶に光の力を抑え込めているときに仲間が連れてくる弟子程度だ。

彼は世界を救った代わりに世界との関わりを絶たざるを得なかったのだ。

だが戦後三十年、六十年となるうちに人々から勇者という依り代の概念は薄まり、フェアドに集まっていた光の力も弱まった。彼の死が見え始めた歳になって、ようやく世界への帰還を果たしたのだ。

つまり弱まってこれなのだ。

「ふう、終わったかの。ララ、問題を起こしている奴の調査を頼む」

これこそがかつて世界を救った勇者フェアドであった。

「もう一個下がある。あそこだよ」

ララが指さした場所には、剣の柄だけが地面から僅かに露出している。そして彼女の目はそのすぐ傍で、魔法によって遮蔽されている地下への入り口を見つけていた。

「魔剣使いが強化薬を求めたのも、邪教徒共が魔本から悪魔の力を抜き取ろうとしたのも、死波のモンクが暴走したのも全部繋《つな》がっていたのかもね」

ララはその遮蔽を解きながら無表情で語る。

「自分より強い魔の存在の力を抜き取った場合と、死のエネルギー、どちらが扱いやすいか見極めてたんだろう。魔法使いの邪教徒は完全に正気を失ったけど、モンクみたいな肉体を持つ方はトラウマを口にする程度の自我があった。しかし、それじゃあ危険すぎる。結論としてやはり生命と光の力の方が扱いやすい。そして強力だと判断した。前例もあるからね。大戦で表裏一体のはずの闇は確かに光に負けた」

根幹にあったのは恐怖だ。あの時、本来ならどう考えても人の世は滅んでいた筈なのだ。間違いなく。確かに。絶対に。疑いようもなく。

だが定めと運命はひっくり返された。

そして悟った。力があったから大魔神王は人を滅ぼしかけた。そして勇者達は更に力があったから人の世は存続した。

「でも光を吸い取って身に納めるには肉体に自信がなく、兵器の専門家で強化する薬は門外漢だから求めた。耄碌《もうろく》したね。残された寿命がなかったのかい？　それとも関係者が私らに始末されて焦った？」

ならば必要なのだ。死なないために光の力が。

「ええ、グレース？　あんたの悪い癖さ。片づけられない。後のことを考えない」

遮蔽と封印が解かれ、フェアド達全員が更にあった下の階層へ落下する。

光が輝いていた。

『あはははははははははは！　遅かったわねえええええええええジジババ共おおおお！　とっくに至ったわよおおおおおお！』

ジニーと名乗って力の信奉者達を操り、冒険者すら利用して神々の遺物と言われる迷宮が、再びモンスターを作り出す生命エネルギーを意図的に暴走させた存在。

かつて悪技のグレースと呼ばれた女が、生命エネルギーを光に変換する聖剣を用いて身に宿し、人の輪郭すらない巨大な光体と化していた。

『これで滅びが来ても！　死が来ても！　大魔神王が復活してもおおおお！』

輝きながら叫ぶグレースもまたある意味で勇者パーティに間違った憧れを抱いていたといっていい。勇者パーティの信念ではなく、単なる最強という枕詞だけへの憧れを。

『さあそこをどけ老いぼれ共！』

「そのまま地表へ出す訳にはいかないね。よくぞまあ邪法に邪法を重ねたもんだ。抵抗力のない人間なら光に変わって吸収されちまうときた」

輪郭もはっきりしない巨大な光体の望みをララはばっさりと切り捨てる。

どこまでも力を求めるグレースは、周囲の人間をも光と化して吸収する邪法まで重ね掛けしており、地表に現れれば弱者は軒並み吸収されてしまうだろう。

だがグレースにしてみれば当然の理だ。

『弱者を糧にしてなにが悪い！　不必要な者を搾り取って強くなれるのなら、誰もがそうするだろう！　人の世が消えようと私が生き残るのならそれでいい！』

最早グレースは正気ではない。

天才技術者と呼ばれながら全ての作品が大魔神王の軍勢に対して決定的な勝利を齎せず、滅びの定めを自らの手で覆せなかった女は耄碌してただ自己保全のために暴走しているだけだ。

「馬鹿め話にならん。お前が摘み取ろうとしているのは弱者じゃない。命と可能性だ。種の道を狭めてどうする」

それを未来のために戦った勇者フェアドは断じて許容しない。

『知ったことか！』

勿論グレースも邪魔する存在を許容しない。

妄念に取りつかれて歪められた光と、消え去りかけているかつての光が激突する。

『死に損ないがあああああああ！』

生への妄念を抱く光体の前に。

「やるぞ」

剣と盾を構える勇者が。

「光よ」

杖を持つ聖女が。

「おーう」

柄に手を添えた剣聖が。

「やれやれ」

指を光らせた魔女が。

「ふんっ！」

無波を宿したモンクが。

「ああくそ！」

青き力を宿した竜騎士が。

勇者パーティーが現れた。

尤も全員ではなく、あくまで存命しているメンバーの中で集結した勇者パーティー。しかももう残された時間は十年ほどしかない老いぼれ達だ。しかし、大魔神王がこの場にいれば、グレースの歪んだ光を優しく諭してくれるだろう。

その程度の光で世界の暗黒であった自分が倒せると本当に思っているのか？　と。

ぎちりみしりとサザキの体が軋《きし》んだ。捻じれた。音すら切り裂く神速が解き放たれた。

世界を砕きかけた暗黒をしてなぜ見えないと慄かしめた赤き光は、シュタイン以外の認識を超えた飛ぶ斬撃となり、歪んだ希望の首を刎《は》ね飛ばした。

『飲んだくれかあああああああ⁉　よくもおおおおおお！』

「っち。これだから概念やらなんやらで不死身に近い奴は嫌いなんだ」

だが刎ね飛ばされたはずの輝く球体はサザキに怨嗟の叫びを送り、切り離された大本にくっ付くと全身から万を超える光の矢を発射した。

その一つが魔法で強化された板金鎧を容易く貫通し、街に降り注げば一瞬で死の街を作り上げることができる。

『光に消えろおおお！』

「そのスカスカでかい？」

ただし、東方諸国には束ねた矢の方が強いという言葉がある。

グレースが変わらずサザキに全身を切り刻まれながら発射した光の矢は、消却の魔女ララにしてみれば中身のない不良品だ。

「概念破壊式展開」

『ば、化け物め！』

ララの前方に展開された巨大な漆黒の魔法陣の文様と言葉は、大戦を生き延び天才と称されたグレースですら一節も理解できない深淵《しんえん》の産物だ。

そこからか細い黒き光線が発射されると、理《ことわり》を寄せ付けない筈の歪んだ希望は全ての能力を防御に振り切り、何とか耐えようとした。

『があああああああああああ！』

確かにその目論見はある程度機能した。か細い黒き光はグレースの光体を削りながらも、その存在の核までは届いていない。

だがこの場にいるのはララだけではない。

「我が道は無。我が拳は無」

「青き力よ！」

（筋肉馬鹿にホラ吹き⁉）

ララの攻撃の左右から、途轍もない脚力を駆使したシュタインとマックスが力を込める。

「おおおおおおおおお！」

一本の青い槍と化したマックスだが鎧の内部は人間ではなく、全身に青い鱗が浮き上がり頭部もまさに小さなドラゴン。ほぼ完全な龍人といった様相だ。

『なんだそれは⁉』

だが鎧に阻まれて人間の龍人化などという奇跡を目撃できなかったグレースは、シュタインの全身に満ちる力の方にだけ驚愕《きょうがく》する。

生と死の狭間の力など、行使されたことは大魔神王とその側近達のみに限られており、かつてのグレースはその詳細を知ることができなかった。

「破ッ！」

飛び上がったシュタインの拳が歪んだ希望で輝く光体をごっそり削り取った。

『まさか無波とは⁉』

概念による防御無視。光体の再生と再構築なし。グレースは削られたまま何も起こらない自分の体に恐怖した。

だがもっと早く気づいてもよかったはずだ。生と死の狭間で相反する力がどのような物か、少し考えれば分かるだろう。

全てを消し去る無の消滅だ。

「貫けえええええ！」

『ぎい⁉』

削られた光体とは真逆から、極限まで高められた青き槍が光体を貫通して、シュタインが削った部分から飛び出してきた。

『ひっ⁉』

光の概念に巣くい現実とは違う高次元から光体を操作していたグレースの本体が、自分の魂に手が伸びてきたことで恐怖に引きつった声を漏らす。

『まさか人形か⁉　き、禁忌術だろうがあああああ！』

グレースが絶叫を上げるのもある意味当然。じっと光体を見ていたエルリカが行使したのは、魂を強制的に手中に収める術であり、歴史上これを修めていたのは殺しを極めたと謳《うた》われるような者しかおらず、本来なら通常の聖女が習得している筈がない。

だが闇に対する殲滅《せんめつ》兵器としての聖女なら、習得してしかるべき御業《みわざ》だった。

『くそがあああああ！』

グレースは無防備な魂を掌握されかけたことで、現実世界の光体の中に逃げ込む。しかし、その光体の方もシュタインとマックスに削られ、ララの魔法攻撃に押され続けている状態だ。

『光よおおおおおおおおおおおおおおおおおおおお！』

それから抗うために光体に宿ったグレースはなにもかもを拒む歪んだ光の壁を構築する。

なるほど、その光の強さは当初のグレースが慢心しても仕方ないほどで、現代の人間では突破することができず全て光に還るだろう。

「なんだ。分かりやすくなったじゃねえか」

だがサザキにすれば、態々《わざわざ》命が届く所にやってきてくれたに等しい。

仲間以外では見たら死ぬを体現し続けた、深紅の刀を既に鞘《さや》から抜いている剣聖にとって。

『う、嘘だ』

ついに全員の認識すら超えてしまった赤い閃光《せんこう》と、ララの破滅の黒が合わさったことで、極限の光の壁は消滅してしまう。

しかもシュタインとマックスがこじ開けた隙間から、光体の力が漏れ続けているため、光の壁を再展開することができない。

後に残ったのは呆然《ぼうぜん》と呟くグレース本体のみ。

そして闇だろうが光だろうが問答無用で、概念すら圧し潰した出力の男が辿り着いた。

『光よおおおおおおおおおおおおおおおおおおおお！』

グレースは恐怖に突き動かされ、一切合切を光にするため輝く。

対するもまた光だ。

「光よ！」

フェアドが光り輝く。

だが雲泥の差だ。

『ぎゃ⁉』

グレースは勇者フェアドが発した、あまりにも眩い光を直視することができず目を閉じてしまった。

見えなかったのは幸いだろうか。

グレースのようなあやふやな輪郭の光体ではなく、完全に物質化した人型の光としか形容できない輝き。

かつて闇を消し飛ばしてしまった極致でないにも拘わらず、未だ比肩する者がいない到達者が極限まで力を圧縮した輝く剣をただ単に振り下ろした。

抵抗や断末魔の余裕など存在するはずがない。

するりと通り抜けたかつて暗黒を打ち払った剣は、歪んだ光を完全にこの世から消滅させた。

老いようと死が近づいて来ようと勇者は勇者なのだ。勇者パーティーは勇者パーティーなのだ。

そうでなければ世界を滅ぼしかけた暗黒の軍勢に勝てるはずがない。理を砕きかけた大いなる魔の神の王に勝てるはずがない。

まさしく最強こそが勇者パーティーなのだ。

「さて。そんじゃゲイルに連絡入れるな」

歪んだ光が消え去ったのを確認したマックスは、呪われた装備の一つを用いて血を分けた兄ゲイルに連絡を入れた。

「聞こえてるか？」

『ああ。どうだった？』

「大魔神王の関与はなしでモンク殺しも紛い物だったけど、悪技のグレースが絡んで戦うことになった」

『なに？　今更悪技のグレース？』

「詳しいことはララが説明してくれるってよ。それと念のための調査もするから弟子を何人か呼んでほしいみたいだ」

『そうか。早速手配するが改めて感謝する』

「いいって。それと親父の墓参りだが、あちこち行ってからになる。正直いつか分からん」

『分かった。その時はまた連絡をくれ』

「はいよ。またな」

ゲイルとマックスは仲がいいものの政治的には複雑な関係であるため、短く用件だけを伝えて会話を打ち切った。後は専門家の仕事である。

「さて、俺はその間に店の在庫を処理しないとな」

夜なき灼熱の洞窟を出つつ、マックスは在庫で眠っている商品のことを思いつつ旅の予定を考える。

「ところで鳥の胸肉と牛乳の販売所を知らないか？」

シュタインも。

「やれやれ。後始末も楽じゃない」

ララも。

「お疲れさん」

サザキも洞窟を出る。

そして。

「久しぶりに体を動かしたのう」

「そうですねえ」

フェアドとエルリカが洞窟を出ると。

「おお、今日もいい天気じゃ」

「ええ。そうですねえ」

そこには朝日と共に青空が広がっていた。

◆

―はははははは！　あはははははははは！　ばーか！―

大魔神王から、王にもなれず日陰者として生きていくことを強制されながら、なぜ国のために戦うのかと問われた龍滅騎士の答え。

ジジババ勇者パーティー最後の旅

THE LAST JOURNEY
OF
OLD HERO PARTY

〜老いた最強は
色褪せぬまま未来へ
進むようです〜

エピローグ

EPILOGUE

THE LAST JOURNEY OF OLD HERO PARTY

「全く。今更グレースの片付けをする羽目になるとは思わなかったよ」

店の在庫も処理し切り、いよいよかつての仲間達と旅することになったマックスが仕切ると、余計な騒動に巻き込まれてグレースの件で骨を折ることになったララがぼやく。

集めた弟子に加えリン王国の暗部組織と共にグレースの調査をしたララは、大戦時に天才と謳《うた》われたグレースがあらゆる準備を行ってなお、切羽詰まった運任せで偶々《たまたま》光体と化したのであって、迷宮を利用して上位の存在になる儀式は再現性が限りなくゼロに近い奇跡だったと結論付けた。

「さらば迷宮都市。世話になったな」

続けてマックスは特に思いを抱いていない迷宮都市に別れを告げるが、視線だけは真剣で恐らく兄がいるであろう場所へ向けていた。

だがすぐに元の気軽な雰囲気の男に戻る。かつては祖国を救うため決死の覚悟を抱いていた男だがその目的を果たして燃え尽き、しかもその道中で仲間達に常識を破壊されたため、現在では非常に気軽なお調子者と言ってもいい。

「久しぶりに海でイカでも食いたい。どう思うサザキ?」

「いよっし。さあ行こうか諸君。ララもお疲れさん」

「お、いいねえ。イカ、タコ、エビ。それと東方諸国の刺身だな」

「私も鮮度のいい青魚を食べたいな」

「ははあ。シュタインは青魚か。そっちもいいな」

マックスは大戦後、七十年近く一人で旅を続けていたとは思えないほど気軽に、サザキ、シュタインと共に馬車へ乗り込む。

何十年も一人でふらふらと旅を続けた年月と、仲間と共に旅した時間を比べると、圧倒的に後者の密度が濃すぎるのだ。

「海は広かったのう。感動したわい」

フェアドも懐かしげな顔をして会話に混ざる。田舎の農村で育ったフェアドにしてみれば、海は最も衝撃を受けた場所だ。

「私もです」

「なー。シュタインは沈んでたけど」

「私の筋肉量なら当然の話だ」

それは神殿の秘蔵っ子であったエルリカ、王宮で育ったマックスと山育ちのシュタインも同じだ。

「久しぶりに釣りをしながら酒を飲むのもいいな」

「最後に行ったのはいつだったかね」

「五年前かな?」

一方、サザキとララはなんだかんだ二人で出歩いていたようだ。

（懐かしいけど新鮮だ）

マックスは馬車で他愛のない会話をする仲間達に懐かしさと新鮮さを感じた。

大戦中はサザキ以外、大魔神王を倒す目的と使命があったため、馬車の中でどうしても完全に気を抜くということができなかった。

それに比べ今の目的は、知人への挨拶という気楽なものでありかつてとは大違いだ。

ただ足りない人物がいた。

「それにしてもエアハードの奴、墓の場所くらい教えておけってんだ」

「本当にのう」

マックスの嘆息にフェアドも同意する。

故人の仲間はその遺体を利用されることを恐れ、フェアド達へ誰にも知らない地で身を休めると伝えると、ひっそりと表舞台から消え去っていた。

それ故にフェアド達は仲間の墓所を知らず、墓参りをすることもできなかった。

「ま、変わった奴だったからな」

仲間を懐かしんで酒を飲むサザキに、全員がお前が言うなと言いたい衝動に駆られた。

そんなサザキのことは放っておくことにしたエルリカがララに向き直る。

「彼が身を休めているとしたらどこでしょうか？」

「さてね。とんでもない秘境か、もしかしたら大迷宮の一番下ってことも考えられる」

「なるほど。大迷宮ですか」

「単なる想像でしかないよ」

「いえ、十分考えられると思います」

ララの意見を聞いたエルリカは何度か頷《うなず》いた。

大迷宮とは名前の通り単なる迷宮ではない。大と付くだけあって底は未だ解明されておらず百層とも千層とも。もしくは底がなく別世界が永遠に続いているのではと実《まこと》しやかに囁《ささや》かれている深淵《しんえん》への入り口だ。

そんな大迷宮の一番下を墓所に選んだのではと考察される人物もやはりただ者ではない。

「んで、どこ行くんだ？」

マックスが次の行き先を尋ねると、サザキがちらりと意味ありげに妻に視線を向けた。するとララは口が奇妙に歪《ゆが》んでいるではないか。

「あぁ、なるほどね。グリア学術都市国家か」

それで全てを察したマックスが肩を竦《すく》める。

次の行き先は少々特殊な場所だ。

リン王国の中にあって独立している学術都市国家であり、魔法評議会が設立されている魔法使いの総本山でもある。

つまり大戦中に活躍して存命している魔法使いが隠居地に選んでいたり……ララの関係者が多数いる場所でもあった。

「今は何人知り合いがいるんじゃ？」

「まあ、数人さ」

「ファルケ君やお弟子さん達もかの？」

「いるだろうね」

フェアドはしかめっ面になっているララを気にすることなく尋ねる。

「グリアと言えば魔法学園が有名だったな。筋肉の栄養に関する学問はあるのか？」

「あるにはあるだろうさ」

「おお！　それはいいことを聞いた！　見学はできるのか？」

「できなくもない」

「流石《さすが》はララ達が名誉学園長をしている場所だ。素晴らしいというしかない」

「儂《わし》も学園を見学したいのう」

「私もです」

心底面倒そうなララに、シュタインは普段通りの言葉で核心を突いた。そして学び舎と縁がなく興味を持ったフェアドとエルリカも続く。

だがララにしてみればグリアは〝そこそこ〟関係のある知り合いが数人いるだけではない。

魔法使いの総本山だけあり、グリアには魔法使いを教育する大拠点が存在するのだが、大戦で校舎は要塞となり学生や教員の区別なく立て籠って、魔の軍勢と対決した結果かなりの部分が崩壊してしまった。

それを再建する際、ララを含め当時の大魔法使いが名前を連ねており、彼女達は名誉学園長の名

を贈られて銅像まで作られている。

だがララにしてみれば、名誉学園長だの若い日の銅像だのは勘弁してくれと言ったところなのだが、政治的に色々あって強行されてしまった。

「はあ、まあ仕方ないか」

そんな都市国家に行きたくはないララだが、まあ最後に顔だけは見せておくかと思うような者達がいる場所でもあるため、仕方なく諦めることにした。

「では行こうかの」

「そうですね」

フェアドの言葉と共に馬車が動き始める。

目指すはグリア学術都市国家。

偉大なる魔法使い達の街にかつての勇者パーティーが訪れようとしていた。

青空の下で旅をしながら。

◆

聖女エルリカ
—誰もが夢見た。命の象徴である青空を、命の存続を、命の光を。それを彼女は成し遂げてくれと言われた願われた請われた。命のために命を考えてない殺戮《さつりく》兵器として。己の意思なく—

勇者フェアド
―誰もが夢見た。命の象徴である青空を、命の存続を、命の光を。それを彼は成し遂げて見せると宣言した。農村の小僧が誰に言われたのでも願われたのでも請われたのでもない。己の意思で―
とある老夫婦
―誰もが夢見た青空が戻った。命は存続した。命の光が証明した。彼と彼女は成し遂げた。全ては過ぎ去った過去。そして命を紡ぎ、子に孫、ひ孫までいる。それでいいのだ―

あとがき

皆様初めまして。もしくはお久しぶりでございます。作者の福郎と申します。

主にウェブ小説で活動しておりますが、この度ドリコム様からお声を掛けてもらい、ジジババ勇者パーティー最後の旅。老いた最強は色褪せぬまま未来へ進むようです。を書籍化させていただきました。

もし私を知っていらっしゃる方がいれば、言い訳をさせてください。はい。まーた変わり者が考えた妙な作品コンセプトですが、ジジババだけが主要人物で活躍してもいいじゃない。と風呂場で思い付き、椅子に座れば書けちゃいました。

どうでもいい話ですが風呂に入る。散歩する。仕事の休憩中に半ば現実逃避している時間は結構アイデアが思いつきます（小声）。

ただまあ、自分でも主人公が老人、ヒロインが老人、親友役が老人、パーティーメンバー全員が老人、なんなら関係者も老人ばっかりでどうすんだとは思いましたし、それが書籍にまでなるとは……ドリコム様の懐の深さには頭が下がる思いです。

それにしても作中の平均年齢どうなってるんでしょうね。カールとかが低くしてくれてると言っても限度がありますし……。

いや本当に、実年齢が高齢でも若い外見の人物作品は多いでしょうが、実年齢も外見も一致した老人達だけがメインなのはちょっと心当たりがなく、こんな奇妙な作品を書籍化させていただいたのは望外の喜びでした。

思い返せば大体去年の七月から書き始めておりますので、半年以上、一年未満で書籍化させていただいたことになります。

正直作品のコンセプトが特殊過ぎたため、書籍化のお話は来ないと思っておりましたが、投稿サイトのメッセージボックスに通知があるではありませんか。

あれは確か仕事先にいた時だったかな？　お昼過ぎに仕事が終わり何気なく読者の方の感想を確認しようとしたら通知が来ていたので、喜びながらそのまま親に電話した覚えがあります。ぎょっとしたので血圧と心拍数が凄いことになっていたかもしれません。

さて、話を本文の方に移させていただきます。

ウェブの方を先に見ていた方ならお分かりでしょうが、そちらはジジババ達が再結集する話で大体一纏めとなっており、あまりストーリーとしての連続性がありませんでした。サザキで区切り、ララで区切りと、短編の寄せ集めのようになっているんですよね。

それにアルドリックやクローヴィスなどの出番ももう少し増やしたいなあと思い、あちこち弄り回して本作となりました。

とは言え本題は変わっておりません。

道を歩きながら懐かしい人、身内、恩人。そしてまあ、ちょっとした被害者と再会していく。そういった物語です。

あとちょっと味付けがあるとしたら、この理不尽なジジババ達と普通に殺し合いを演じていた最盛期の大魔神王と最側近はどんだけだよ。と言った感じでしょうか。

そしてジジババ達の生きる現代においても問題は尽きず、大戦後の世代の多くが死に直面する時期となり、しかも余裕がある時代だからこそ起こる問題もあるでしょう。

尤もその問題が、史上最大の問題をぶん殴って解決した集団に抗し切れるとは思いませんが。

このような奇妙で、消え去ることをよしとする老人達の物語が面白いと思っていただけたら、これに勝る喜びはございません。

最後になりますがご尽力していただいた編集様。素晴らしいイラストを描いてくださったジョンディー様。この変わった作風を書籍化してくださったドリコム様。出版にご協力していただいた関係各所の皆様。そしてなにより読者の皆様。

本当に、本当にありがとうございまああああああす！

福郎

DRE NOVELS

ジジババ勇者パーティー最後の旅

〜老いた最強は色褪せぬまま未来へ進むようです〜

2024年4月10日　初版第一刷発行

著者　福郎

発行者　宮崎誠司

発行所　株式会社ドリコム
〒141-6019　東京都品川区大崎2-1-1
TEL　050-3101-9968

発売元　株式会社星雲社（共同出版社・流通責任出版社）
〒112-0005　東京都文京区水道1-3-30
TEL　03-3868-3275

担当編集　岩永翔太

装丁　AFTERGLOW

印刷所　図書印刷株式会社

ISBN978-4-434-33677-5

ファンレター、作品のご感想をお待ちしております。

右の二次元コードから専用フォームにアクセスし、作品と宛先を入力の上、コメントをお寄せ下さい。
※アクセスの際に発生する通信費等はご負担ください。